ひとがた流し

北村　薫

朝日文庫

本書は二〇〇六年七月に四六判が朝日新聞社より、〇九年五月に文庫版が新潮社より刊行されたものです。

目次

イラスト／おーなり由子

ひとがた流し

第一章　桜

一

「――トムさん」

千波(ちなみ)に、こう呼びかけて来る相手は、ごく限られている。

「おう」

「わたし、わたしだけど――」

「誰だ、詐欺(さぎ)師か」

あはは、と笑い、

「そういえばさあ、日高さんちの玲(れい)ちゃん」

「うん」

「お父さんがね、お腹(なか)が出て来てどうしてもズボンが下がるんでね、今までのベルトをやめて、吊(つ)りバンドを買って来て――」

「脈絡が、ないぞ」

受話器の口に向かって、いうと、

「あ、今、横になったでしょう?」

話が、また逸れた。

「分かる?」

「調子でね。《脈絡が》ってところで一拍置いたわね。あの間がいかにも《よっこらしょっ》という感じ。中年女がさ、重い体をベッドかソファーに横たえたところが眼に浮かぶよ。それでさ、次の《ないぞ》あたりで足を上げて、ソファーの肘掛けに乗せた」

「図星だよ。恐ろしい奴だなあ。隠しカメラでも仕掛けてるんじゃあないか」

ベッドに寝、無造作に折った掛け布団に足を乗せたところだった。少し離れたところで、石油ストーブの網が赤くなり始めている。まだまだ、空気がひんやりするから、毛布の端を無理に引っ張り、腹部に掛けている。

寝る時には、通販で買った《やさしくお部屋を暖める》暖房機だけでいい。しかし、やさし過ぎる。暖まるのに時間がかかる。帰って来て点けるのは、昔なじみの石油ストーブになる。試行錯誤の末、そうなった。口の広い鍋を上に置いて、自然な湯気が立つようにしてある。勿論、エアコンに加湿器という手もある。だが、温風が流れて来るものは、商売柄、使いたくない。喉のことを考えるからだ。ことに狭い部屋だと、気になる。

　はるか昔、まだ可愛(かわい)かった二十代の冬、声がおかしくなったと思ったら、九度六分の熱が出た。発熱だけなら出勤したかも知れない。しかし、喉をこれ以上、悪くしたらという思いが先に立った。無理をして、後々まで迷惑をかけたら何にもならない。こういう時の代役は、つねにスタンバイしているのだ。早めに連絡を入れ、二日間休み、強引に風邪をねじ伏せた。

　出社しても、男の上司には何もいわれなかった。

　ただ、先輩の女性アナウンサーには、廊下で呼び止められた。

「石川さん」

　と、背中から声がかかった。その響きを、今も忘れない。テレビの画面で見ていた時は、どこにでもいるようなおばさん――と思っていた。同じ町内を、スーパーのビニール袋の上から緑色のネギの頭でものぞかせて、歩いていそうな感じ。旅先で迷った時、見かけたら、ほっとしてすぐに道を開ける。いつも微笑(ほほえ)んでいる口元からは、すぐに親切な答えが返って来るだろう。

　けれど、局の、扉の多い長い廊下で会うと、全く違う。不機嫌というわけではない。普通の表情なのだ。しかし、にこやかなテレビの顔を一方的に見慣れていると、その普通の顔が、よそよそしく思える。客商売をしている家の、愛想のいいおかみさんが、お勝手の方を向いた時、ひょっとしたら、こんな風に見えるのかも知れない。

微笑みのない口からかけられたのは、簡単な言葉だった。

「レギュラーの番組、持っているのに、風邪ひくような人は、アナウンサーになる資格がないのよ」

文章でいえば前置きや後書きのような部分も、少しはあったろう。しかし、ぴしりと千波を撃ったのはこれだ。

決まり文句めいている。ドラマのこういう場面で、工夫のない脚本家が、先輩の口から後輩の耳に投げさせるような台詞だ。

まだ、千波が朝のニュースショーに抜擢される前だった。二十五ぐらいだったろう。ショパンコンクールで、青年ブーニンがコサックダンスのように弾くとか批判されながらも、優勝した頃だ。お祭りめいた雰囲気のあった彼の日本公演に、都合がついたら行ってみようか——などと考えていた。十二分に大人——と思っていた千波だが、今から振り返れば、不思議なほどに若かった。

いうまでもなく、一言、

「はい」

と答えて、身を堅くするしかなかった。しかし、《嫌みなおばさんだ》と思うほどに、幼くはなかった。

愉快だった筈はない。今も、その時、胸に抱えた熱さを、はっきり覚えている。

——屈辱。まだ完全には下がっていない体温と、それが一緒になって身内が火照るようだった。

学校の生徒が病気で休んでも叱られはしない。心配してもらえる筈だ。文句をいうような先生だったら、こう、いい返してやったろう。

――あなたは病気にならないの？

先輩の淡い藤色のワンピースが、長い廊下を遠ざかって行った。たまたま、どの扉も開かず誰も通らなかった。白い通路が、SF映画の一場面のように見えた。

千波が生徒で相手が先生なら、不当なお叱りと思ったろう。《いい加減に暮らして体調を崩したのかどうか、分かっているのか》と聞き返したくなったろう。

しかし、この時は違った。今ほど、女性のアナウンサーが多くなかった。《女子アナ》という言葉が生まれる前だったろう。だから、文字通り《先輩》という気持ちは強かった。自分の歩く道の、前を進む人への敬意があった。生徒と違って、どんな暮らしをしていようと、とにかく休んだらおしまいなのだ――ということも分かっていた。プロなのだから。

口惜しいけれど、あちらはいわねばならないことをいい、こちらは聞かねばならないことを聞いたのだ。

しばらくして気持ちの波立ちが収まって来ると、むしろ千波は、《誰だって病気になる可能性はある。それなのに、ああいい切れるのは――大したものだなあ》と感心してしまった。

今の千波もいいたいことをいう方だ。若い子をたしなめ、うるさがられる口だ。しかし、先輩と同じ言葉で叱咤することは出来ない。《そんなことをいって自分が入院したら、面目丸つぶれだ》と考えてしまう。

叱る時そんな計算が混じるのは、こちらに気合が足りないわけだ。気迫があれば、叱られる方も恐れ入る。おかげで、それから二十年、仕事を休むような病気は寄せ付けていない。今だって、ベッドに横になっているが、肌寒いところでのうたた寝など絶対にしない。

もっとも電話で話しているのだから、寝るわけもないのだが。

「それで?」

「――え?」

と牧子が聞き返すから、いってやる。

「《玲ちゃん》と《詐欺師》が、どう繋がるんだよ」

相手が、小学校からの知り合いだから――ことに、中学高校の頃は毎日一緒に歩いていた仲の水沢牧子だから、この年になっても、昔の口調が出てしまう。彼女の前だと、ぞんざいに、男めいた調子でしゃべれる。そうしていると、慣れた茶の間で足を伸ばしているように楽なのだ。

二

《玲ちゃん》というのは、二人の友人、日高美々の娘だ。小さい頃から知っている。早いもので、もう大学生になる。近頃は、写真に凝っているそうだ。カメラを持ち歩いては、あちらをパチリこちらをパチリとやっているらしい。

もっとも、人の子の成長ぶりを見て驚くのは千波の役回りだ。牧子は自分にも子供がいる。目の当たりにしている我が子に、二つぐらい年齢を上乗せすれば《玲ちゃん》になる。幾つになったところで驚きはしないだろう。《もう少しで、うちのも高校生だな、大学生だな》——といった具合。つまり、我が子の、長い予告編を見ているようなものではないか。

千波には、亭主も子供もいない。そして、忙しい時は半年間、近くに住んでいる牧子にも会わない。電話一本しない。しばらくぶりに、友人の子を見ると、時間の流れを実感する。

——大学生の玲の姿を思い浮かべていると、音もなく忍び寄るものがいた。

「——おおっ！」

「どうしたの」

「重いぞ、こら」

「ギンジローね」

同居人の猫クン、いや、いつの間にか、猫のオジサンぐらいになっている。高いところが好きで、冬は大抵、箪笥の上に敷いてやった猫用電気カーペットの上で丸くなっている。炬燵で丸くならないところが、現代の猫だ。千波が帰って来ると、どうやって気がつくのか、感心に戸口のところまで来る。

——遅いぞ、こらっ！

と、無愛想な父親のような表情を見せ、すぐに定位置に戻る。高みの見物ではなく、寝直しにかかるのだ。部屋が暖まるまで降りて来ない。もうよかろうか——というあたりで、気が向くとこちらをかまいに来る。

今は、横になっている千波の脇腹に手をかけ、体の上に乗って来た。全体でべったりと被さるのなら、まだいい。歩いて来るわけだから、そうは行かない。足をかけられる時が重い。椅子をお腹の上に、一本足で乗せられる。次に二本、三本となって来るようだ。それから、胸に胸を乗せ、滑り込むように体を合わせる。顔を、顎に擦り寄せるのは、愛の表現ではない。《掻いてくれよ》という意思表示だ。電話の子機を左手に持ち替え、右手の指で、ギンジロー氏の頬や顎を掻いてやる。

牧子が、話を続ける。

「そうだった、玲ちゃんのお父さんがね——」

「吊りバンドにしたんだって？」

と、こちらからいう。日高家のお父さんは、日高類（るい）。名前だけ見ると、男か女か判別に苦しむ。家族ぐるみで付き合っていると、折に触れ色々な情報が耳に入って来る。

　このちょっと変わった名前は父親がつけたそうで、フランスの《ルイ》から来ている。そう聞くとあちらの王家を思い浮かべる。確か、ルイが延々と続く。判別しにくいから、《何とか王》とあだ名で呼ばれる人もいる。

　有名なのが、太陽王ルイ十四世。他にも聖王などという、呼ばれて嬉（うれ）しいのもある一方、怠惰王や強情王もいるらしい。顔が見たいものだ――と思う千波の方は、休みの日には怠惰女王にもなるし、時によっては職場の強情女王にもなる。

　さて、日高家ではなく、ルイ王家のこの話は、《美々ちゃん》が旦那（だんな）の名の説明をした時、枕（まくら）に振ったのだ。――四十を越えて、《美々ちゃん》もないものだが、三人の間では、やはり若い頃からの呼び方になる。千波が《トムさん》、牧子は《牧子》だ。関西人なら、最後の牧子には《マンマやんけ》と突っ込みたくなるだろう。

　どうして、千波が《さん》なのに、美々が《ちゃん》になるのか。名前で《美》の字を二乗しているような相手だから、気負けして《ちゃん》といってしまうのかも知れない。まあ、これは当人のせいではないけれど。

　《美》かける二の方はともかく、結婚かける二の方は当人の意志によるものだ。千波が口にしていない果実を、複数回食べているわけだ。離婚の時は、ひどい話も色々と聞き、千波もこぶしを握って憤（いきどお）りを共にした。

——もともとは他人の、男と女が、ひとつ家に暮らすというのは恐ろしいものだ。

という、千波の内に幼い頃からあった観念を補強し、上塗り塗装までしてくれたのは、考えれば美々ちゃんの離婚騒動かも知れない。ありがとう、といってやりたくなる。

皮肉っぽくなるのもわけがある。程なく再婚した今の旦那が、勿体ないような男なのだ。

職業は写真家。日高類といっても、一般にあまり馴染みはないだろう。しかし、食うのが難しい業界の中で、安定した仕事ぶりを見せている。日本でもトップクラス、世界でも有名という某デザイナーが、彼を気に入って放さない。一緒に仕事をするなら日高だ、と名指しするのだ。日の当たるのは、おおむねデザイナーの方だが、とにかく素敵なコンビになっている。

三

類の作品を見せられたら、

——ああ、これ、どこかで見た。

という人が多い筈だ。様々な媒体でお眼にかかっている。そして、ごく自然に、

——綺麗ね。

と、付け加えるだろう。彼の写真は、見る者を居心地よくさせる。コマーシャルフォトの世界では、知らぬもののない存在だ。稼ぎはいい。

だが、実入りがどうこうで、男の善し悪しはいえない。金なら、ないよりある方がいい。しかし、稼ぎまくるが嫌な男――では仕方がない。類は、どこまでも面倒見がいいタイプだった。細かなことに気を配る。美々と雨の中をひとつ傘で来ると、彼の左側の方が目立って濡れている――という具合だ。右でないのは、車の通る方に回るからだ。

その類の名付けの元になったのは、王様ならぬフランスの名優。古い映画に出ていたルイ・ジューヴェという人。類の父も、やはり写真家だった。女性誌で服飾の写真を中心に撮っていた。的確な技術と表現力で、有名だったらしい。この人が、動く方の写真にも興味を持っていた。映画少年だった若い頃、生まれ育った横浜で観て気に入ったのが、あでやかな女優よりも、ルイ・ジューヴェ。

――渋い脇役のようですね。

と、類はいう。父親は、映画館の暗闇の中ですでに、我が子が男なら《類》か《十兵衛》にしよう、と考えていたそうだ。

――まあ、類は友を呼ぶというから、人に好かれるだろう。

などと笑っていたらしい。ことわざの意味としては、曲解も甚だしい。あまり、嬉しくない説明だ。しかし、類は、

――まあ、十兵衛よりは洒落(しゃれ)てていいかな。

と、柳に風。

その類が、吊りバンドをつけてどうしたのか。

「玲ちゃんの前に立ってね、感想を求めたんだって」

「ふーん。若い女性のご意見拝聴か」

日高家の生活ぶりは、時折、美々経由で伝えられて来る。一貫して、父親と娘の仲がいい。そのやり取りが、漫才コンビのように面白いと、母親からリークされて来るのだ。

「類さんが、肩から降りたバンドに、両の親指をかけて、《どうだ?》とポーズを取った。一目見た玲ちゃん、フンと鼻を鳴らして、《ぺてん師!》――だってさ」

思わず噴き出すと、追い打ちがかかる。

「さもなければ――」

「うん」

「――《売れない手品師》だって」

吊りバンド姿で肩をすくめている類が見えるようだった。ぺてん師、あるいは売れない手品師。

「玲ちゃんのいうことって、面白いよね」

「同じようなことが、昔もあったじゃない。パジャマのこと」

「何だっけ」

「十年以上前よ」

「よく覚えてるなあ」

「古いことは覚えてるの。玲ちゃんが小学校に上がった頃よ。類さんが、新しいパジャマ着て、玲ちゃんに見せびらかしたの。《いいだろー、いいだろー》って。そしたら、玲ちゃん。《あたしには地味だね》って一蹴（いっしゅう）」

「あはは」

「《パジャマの代わりに、ママには新しい毛布買ってあげたんだよ》って、いったら、そこでも玲ちゃん、面白いこといったんだ。えーと、何だったかな。取引……じゃなかった。そうだ《駆け引きだね》って」

「子供じゃないみたいね。そういう言葉が、すらっと出て来るのって。――《ぺてん師》だって、今時、あんまり使わないんじゃない？」

「その辺は、個人差だよ。この間、駅の伝言板に《承知の助》って書いてあるの見たよ。若い子の字だった。名前の下にハートマークも付けてあったから間違いないと思う」

「おばさん、おじさんだったら、そんなこと書かないだろうな。やっぱり学生か、合点承知の助の正体は」

「今でも、そういう言葉が残ってるんだ。嬉しいね。――《手品師》だって、もうすっ

かり《マジシャン》になっちゃったでしょう」

「葡萄酒とワインみたいなもんだ」

千波の補足に、牧子が続けて、

「――で、《売れない》が頭に付くなら、やっぱり《手品師》の方がいい。わびしくってね」

「そうそう。《ぺてん師》だってそうだ。《詐欺師っ！》ていわれたら、お父さん、嬉しくないでしょう。《ぺてん師》だと何だか笑えるよ」

「そうねえ……」

牧子は、ちょっと考えてから、

「……《ぺ》を取れば《天使》になるわ」

千波の胸に頭を乗せたギンジローは、撫でられているうちに、とろんとした眼になって来た。あどけない。天使に体重はあるのだろうか。しかし、ギンジローが重いのは厳然たる事実だ。このまま寝入られたら、さすがにつらい。

「ちょっと待って、今、ギンジローを降ろすから」

千波が身を起こすと、猫の天使はだらしなくずり落ちながら回転し、ベッドから畳の下界へと着地した。

昔風の狭い一戸建てだ。下もフローリングではない。母親が寝込んだ時に、簡単なベッドを入れた。足の部分にはゴムの小さなマットを敷いてある。それも時と共に、かなり畳に食い込んでいる。

母が逝ったのは病院だったが、このベッドに寝ていた期間がかなりある。古いマットは処分した。しかし、ベッドの枠は残し、今は同じ天井を見て寝ている。

そうするには、それなりの思いがあった。また、ここから通うのに、体がすっかり慣れていたせいもある。

埼玉の田舎の街はずれで、子供の頃には、駅に遠い不便な所——という印象しかなかった。就職が決まると、迷わず東京で一人住まいを始めた。四、五年で戻って来たのには、色々とわけがある。直接には母の最初の入院が引き金になった。だが、車の免許を持つと、意外にも実家が便利な場所になったのだ。

街はずれだが、高速道路の入口に近い。これが大きい。三十分あれば、楽に首都高に入れる。通勤電車の混雑や、色々な不快さを考えると、車で行った方がはるかにストレスがない。

母という《理由》が消えた今も、あえて、持ち家を始末したり、新しいマンションを探す方が面倒だった。さらに、大きな理由がある。——ギンジローだ。

母と入れ違いのように、やって来たのが彼だ。爪研ぎ用の段ボール板を買って来て、あちらこちらに置いてある。だが、いつの間にか、古い柱をばりばりやるようになった。お気に入りの柱があり、爽快感が違うようなのだ。

——見てな、おいらは、やるぜ。

と、爪を立てる前に不敵な表情をする。こうなると、ギンジローを連れてのマンション住まいは難しい。

ギンジローと同棲するようになった時、千波は事実上、猫を取り、新しい家を捨てた――といっていい。

千波は、ストーブの上のお湯の量を確認し、椅子に座った。

「それで、本題は何だい」

「青山の――ライブハウスのことなのよ」

「ほう?」

四

「恐ろしくないの、そういう場所って?」

と、妙なことを云う。

「は?」

「つまりねえ、――教育上、どうなのかしら」

となれば、これは子供のからんだ話だ。

「――さきちゃんが、どうかしたの。ライブハウスでバイトでもやるの?」

「まさか。今は、受験の真っ最中よ」

そういえばそうだ。牧子の一人娘が、さき。猫が飼いたい——と、眼を泣きはらしていたのを、千波は、月並みないい方だが、昨日のことのように覚えている。我が儘（わがまま）の似合う子には見えなかった。普段は聞き分けのいい、小さな女の子の、静かな深い哀（かな）しみがそこにあり、手渡されるように伝わって来た。牧子の住むマンションでは、動物を飼うことが禁止されていたのだ。

振り返れば、肩越しに幼い顔が見えるようだ。だが、それも今となれば、時の壁の向こうのことだ。小さな女の子は、もう高三になっていた。かつては子供だった千波が、いつの間にか四十を越えたように。

そして、冬が来て、年も改まり、一月も半ばが過ぎていた。私立の早いところは、そろそろ入試が始まるだろう。

牧子は、声をひそめていう。

「バイトなんかじゃない。ただ、聴きに行く——という話なの」

牧子が住んでいるのは、名前だけはメゾン・ド・ナントカという、いかにも日本風のマンションだ。広くはない。隣の部屋で勉強しているであろうさきに、気を遣（つか）っているのだ。

牧子も、美々と同じく離婚している。しかし、こちらは誰にも何も話さず、いつの間にか別れていた。それ以来、再婚はせずに、娘と二人暮らしだ。

「ほう」

「さきがね、CD買いに行って、間違えて試聴した曲があるの。名前が、お目当ての人と似ていたのね。ところが、これが中国の歌い手さんだった。ヘッドホンから声が流れて来た」

千波は、指折り数えて六年前、子猫のギンジローと、初めて対面した時のことを思い出す。さきと一緒だった。

「運命の出会いか」

「そうなの。声が耳に入って来た瞬間、気に入ったんだって。わたしもCD聴いたけど、なかなかいいのよ」

それで分かった。

「その歌い手さんのライブがあるんだね、青山のどこかで」

「うん。ファーストライブ。《来て下さい》ってFMのトークでいってたんだって。やるのがね、ちょうど入試の終わった頃なんだ」

「いいじゃない。受験なんて、あせったり落ち込んだりしながらやるもんだからさ、後に楽しみがあった方がいいわよ。がんばった御褒美にもなるしね」

「だけどさ、さきがインターネットで、会場のこと調べたら、飲み物のリストにお酒も入っているのよ。ビールとか――」

「それで？」

「高校生をさ、そんな所に連れて行ってもいいのかしら？」

千波は、にやりとする。

「連れてくっていうか、付いてくっていうか——とにかく、牧子も一緒に行くつもりね」

「うん。わたしも気に入ったんだからさ」

「というより、心配なんでしょ？」

「まあね、昼間じゃないからさあ。それに、ホールとかで音楽聴くのならイメージ浮かぶけど、ライブハウスってどんなとこなのか——」

「で、ビールも飲める所なんで、うろたえちゃったんだ」

「そう。トムさんなら世慣れてると思って、電話したんだ。ご意見を拝聴したくて」

「何だか、三十年前の親みたいだね。大体、インターネットも子供に見てもらってるんでしょ」

牧子は、むしろ堂々と答える。

「パソコンなら、さわれない」

「それでよく作家やってるね」

「そんなこと、人間の本質とはかかわりないわ。さきだって、高校生だけど携帯持ってないのよ」

「親子で、時代遅れを自慢しててどうするの」

千波は、受話器を持ったまま流しに向かい、やかんに水を入れた。冷たそうな飛沫（しぶき）

がアルマイトの底ではじける。

「じゃあ、ライブハウスとかいうものも、そんなにいかがわしくはないということね」

「そうね。——二月だったよね」

「うん」

　水を、ストーブの上の湯に足しながら、千波はいった。

「その頃なら、わたしも夕方から空けられるよ。いい機会だわ。久しぶりに、美々ちゃんも誘ってみない。お薦めの歌を聴きながら、互いの無事でも祝いましょう」

　千波と牧子は、同じ町の、片方がそば屋なら出前の注文をされても、のびないうちに楽々と届けられる所に住んでいる。千波の仕事の都合で、頻繁に会う年もあれば、しばらく御無沙汰(ごぶさた)の続く年もある。しかし、親同士が顔を合わせないのに、子供のさきだけ一人で来て、預かっている鍵(かぎ)を使い、千波の家に入ることがある。

「そうそう、いただいた電話でお願いしちゃ申し訳ないけど、今度また——」

　数日後に、淡路から四国へと巡らなければならない。一泊程度ならいいが、続けて家を空ける時は、さきに頼まざるを得ない。何を——かは、いうまでもない。ギンジローの世話だ。トイレの始末をして、水を替え、食事を用意する。

「悪いわねえ。受験の最中だっていうのに」

　さきが小さい頃には、むしろ、《お願いするわ》という形をとって、ギンジローと一緒にいられる時間をプレゼントしていた。しかし、飼うようになったきっかけが何であれ、彼は千波の家の猫だ。石川ギンジローなのだ。

「今まで気安く頼んで来たけど、そろそろ、こういうお願いも出来なくなるわね」

大学生になったら、さきの世界も広がる。一拍置いて、牧子が答える。

「……さきは、まだまだ面倒がったりしないと思う。だけどね……」

気になるいい方だ。

「何なの」

「大学に合格したら、下宿するかも知れない」

「ああ……」

それは考えていなかった。確かに、行く所によっては、否応（いやおう）なしに親元を離れることになる。ギンジローと千波からも、はるかに遠ざかる。時間の階段に、また一足かけた気になり、次の言葉を失っている千波の耳に、さきのものらしい声がうっすらと聞こえて来た。何事かいいながら、部屋に入って来たようだ。牧子が、それに答えている。千波は、わずかの間、待たされた。

会話に戻った牧子が、《ごめん》と詫（わ）び、いい添えた。

「外、見て」

「え？」

「――雪が降って来たって」

去年の夏は、これでもかといわんばかりの猛暑だった。それにひきかえ、冬の方はごく低姿勢だ。寒がりに気を遣うように、忍び足でやって来た。ストーブを出した日も、例年よりずっと遅かった。

千波は、ひょっとしたら、今年の埼玉、東京では、季節の印の白いものも見られないかと思っていた。それはそれで寂しい。しかし、降り始めたとなると、明日の交通事情が気になる。仕事に遅れるわけにはいかない。こういう時は、家が仕事場の牧子が羨ましい。

子機を握ったまま、二階に上がり、道路際の窓によった。長いこと洗っていないカーテンに指をかけ、隙間を作って覗く。

人通りの絶えた道を、街灯が照らしている。闇の中から、雪片が次々と現れ、静かに舞い降りて行く。わずかな風に、白い点を散らした透明なシートをひねるように、周期的に、雪の落下は身をよじっていた。高い席から、登場人物のいない舞台を見下ろしているようだった。

電話を切った後、目覚ましの時刻を、いつもより一時間早く設定して、早々に寝た。自分の車で出るのが無理そうなら、タクシーを呼んで駅まで行かねばならない。

五

幸い、翌朝の積雪は、徐行運転すれば幹線道路に出られる程度のものだった。広い道に出てしまえば、引っ切りなしの車の往来が、自然の除雪作業となっていた。

東京の空気も、家々の屋根を覆った雪のおかげで、幾らか澄んだものに感じられた。

局に入った時間は、余裕を持って出た分、いつもより早かった。

今日は午前中に、四国行きの打ち合わせがある。番組部のスタッフルームの隅に、コーヒーメーカーがある。とりあえず――という感じで、紙コップに注いだ百円のコーヒーを飲んでいると、大野が入って来た。邦楽紹介番組のディレクターだ。痩せた体に、削いだような頬が、雪の日だけに寒そうに見える。千波より、ひとつふたつ上だから、ほぼ同世代といえる。

並んで、コーヒーを飲む。

「石川さん、四国、あんまり行ってないんだって？」

「初めてみたいなものですよ。最初が高校の修学旅行――」

「つい、この間じゃないか」

ありふれた合いの手だが、無愛想な口調なので、《ええ》とも、《またまた》とも、受けようがない。

千波は、わずかに口の端を上げ、お愛想笑いのかけらのようなものを作って、話を続ける。

「番組だと、本当に縁がないんです。奈良、京都は嫌というほど行ってるし、沖縄、北海道まで足を延ばしてるのに――」

ニュースショーの中にも、季節感を伝えるコーナーがある。《春を待つ――》や《紅葉の――》といった枕詞をつけて、よく一週間ほどの特集を組む。千波も現地から、《石川です。ここ南禅寺では――》などと、カメラに向かって微笑みかけたものである。

その後、様々な番組を担当し、海外からの放送までしたことがある。ところが、瀬戸内海を越えただけの四国に行ったのが、思い返すと、何と一回しかない。

「――橋の時ぐらい」

「橋？」

「ええ。現代と昔を対比させた企画があって、まずは瀬戸大橋。これはいい。日常から日常に繋がってる。だけど、そこから南に下って、四国の吊り橋まで回ったんです。日本三大何とか――っていう橋なんですよ。蔓で編んであって、はるか下に谷川が見える」

大野は、頷いて、

「そりゃあ、祖谷のかずら橋だな」

「ああ、――それです。日中は観光客が多くて絵にならない。本番の撮影は、早朝になったんです。《靄がかかっていた方が神秘的でいい》なんて、ディレクターがいい出してね。念力のせいでしょうか、おかげで、おあつらえ向きに霧が流れました。そりゃあもう、神秘的もいいとこ」

大野は、口元まで上げた紙コップから立つ、うっすらとした湯気越しに、面白そうな声をよこす。

「石川さんが渡ってみせたわけ？」

「お印に、ほんの、ひと足ふた足かけようかと思いました。でもね、湿っていたんです。滑るかも知れない、危ない、というんで、ストップがかかりました」

大野が笑いながら、

「まあ、それが正解かな。揺れるんだよ、あれ」

千波は、十年ほど前の、朝の情景が鮮やかに蘇るのを感じた。

今朝、家を出る時、しばらくぶりに、白い街を見た。関東で育った千波には、非日常的な眺めだ。車のフロントガラスに、懐かしい《雪の日》という画面が映写されているような気がした。

そんな懐旧的な雰囲気が、ここまで繋がっているのだろうか。

やっと秋になったばかりだった。しかし、渓谷の空気は、交差させた両の掌で自分の両肘を覆って温めたほど冷たかった。吊り橋を形作るごつごつとした太い蔓は、前日の夕方には、白茶けて見えた。ところが一晩経ち、夜の漆に浸けられた後、湿気を吸いしっとりと落ち着いた色になっていた。はっきり思い出す。忘れていた記憶の絵葉書を、いきなり表に返したようだった。

吊り橋は、前日、見た時よりずっと長く、谷はさらに深く思えた。刷毛ではいたように、横に流れる細かい霧のせいだろう。

両岸を埋める濃い緑、上には狭い天、下からは走り行く水の音が響く。そして、かずら橋の行き着く先は、はるか遠くのようだった。

「何だか、……あっちの岸から、鈴でも鳴らしながら、御先祖様が渡って来るんじゃないかと思いました」

記憶の中に浮かんだ風景には、鈴の音が似合いそうだった。その一振りごとに、薄い霧は、白さを増して行く。

「ほう、怪談だな」

一言で、まとめられてしまった。

「――そうでもないんですけど」

じゃあ何だ、といわれたら、説明するのも大変だ。また、うまく言葉に出来そうもない。

大野は、幸い話題を変えた。

「祖谷なら、ぼくも一回、行ったことがあるよ。吊り橋の他にも取材したな。そうそう、確か、林芙美子（ふみこ）ゆかりの温泉旅館があったな」

その名前なら、聞いたことがある。そうだ、『放浪記』の作者だ。千波は、まだ読んだことがなかった。

「はあ……」

「林芙美子がさあ、いってるよ――」

《花の命は――》となるのかと思った。そう始まる言葉があるとは、千波もどこかで耳にしていた。だが、違った。大野は、続けた。

「――《人生とは、小学校へ行って、飛行機を見て、恋愛して死ぬ事でしょうか》って」

なるほど作家というのは面白いことをいう。前後関係を知らないから、《飛行機を見て》というところが、よく分からない。とはいえ、飛行機なら地上を行く筈がない。遠く高く、見上げるわけだ。千波も遠い明日を見つめて来た。自分の場合ならどうか――と思った。

《小学校へ行って、飛行機を見て……》

うまいとはいえないコーヒーを口に運びつつ、続く部分を、胸のうちでいい換えてみた。

《……仕事をして死ぬ事でしょうか》

六

スタッフルームは、学校の職員室に似ている。並んだ机の奥には、打ち合わせ用の長机がある。紙コップを捨てると、千波はそちらに向かった。

この二年、担当しているのは邦楽番組だった。視聴率は、高くないが安定している。

いわゆる長寿番組のひとつだ。その道に詳しい人も観ているから、気が抜けない。ある程度、経験を積んだアナウンサーが起用されることが多い。普通の放送では出て来ない言葉が、当然のように使われる。分かったつもりでいると怪我（けが）をする。

新内、小唄（こうた）などに比べ、取り上げられることの多いのが文楽や歌舞伎（かぶき）だ。その中の続き物のコーナーで、淡路から阿波にかけての人形芝居や、琴平（ことひら）に残る古い劇場を紹介したりする。千波は、初心者の代表。案内役の先生に用意された質問を投げかける役だ。知っていることも知らない顔をして聞かねばならない。実は千波は、こういう役回りが大嫌いだ。しかしプロだから、勿論、口に出さない。

プランは大学の先生と、番組のディレクターが、綿密なものを作っていた。これといった疑義も出ず、日程の確認をして終わった。

食堂に行くには、やや早いかという頃合いだった。資料を入れた紙袋を手に、廊下に出ると、向こうから急ぎ足で、アナウンス室次長の山中がやって来た。狐目（きつねめ）の男というい方があるが、山中は、口が何かを吹くように出ていて、狐口に見える。いつも、せかせかとして落ち着かない。

「石川さん、石川さん」

二度続けていい、親指を立て背後を示す。

「——呼んでる、呼んでる」

親指は、呼んでいる相手と、その人のいる方向を同時に指していた。千波は、それ

だけで了解したが、一応、

「室長ですか？」

と、確認した。山中は、《うんうん》と頷いてみせる。《話》の内容を知っているのだろう。アナウンス室長が、わざわざ部屋まで呼ぶのだ。《お寒いですね》という時候の挨拶（あいさつ）ではない。四月の異動に関することではないか。しかし——と、千波は思う。

それにしては早過ぎる。外部の誰かを起用するなら、余裕を持って交渉しなければならない。当然のことだ。だが、これが内部の人事なら、スケジュールの調整など必要ない。嫌ないい方をするなら、指し手が将棋の駒（こま）を動かすのと同じだ。直前にいい渡されることも、稀（まれ）ではない。

千波は、山中の顔色をうかがった。

「——じゃあ、お願いね」

と、狐口からは、ちょっと女っぽい口調の言葉が出ただけである。とぼけている。いい事か悪い事か分からない。とにかく、朝飯前ならぬ昼飯前に、あっさり片付けておいてくれ、というのだろう。

千波は、《はい》と答え、すっすっと足を運び、階段をひとつ上がり、廊下を抜け、室長室の前に立った。疑問は、少しでも早く解決しておきたい。

ノックをすると、ドアの向こうから神崎（かんざき）室長が低い声で応じた。

スタッフルームが職員室だとすると、アナウンス室長室は校長室に似ている。大きな机があり、応接セットが置いてある。

　中学生の時——確か最高学年の三年の時、清掃当番が校長室に当たり、何度も入ったことがある。そんなことでもないと、普通は足を踏み入れない。学校の、秋のバザーのある週、校長が《御苦労様》といい、当日、焼きそばと交換出来る券をくれた。千波は使わず、他の子にやってしまった。それはともかく、生徒の目から見ると、あの部屋は秘密の洞窟めいていた。

　今の千波は大人だから、秘密の洞窟にもあまり気後れはしない。だが、室長室にいる時の神崎には、それなりの態度で向かうようになる。

　千波の世代と、今の若い人たちとでは、労働環境が大きく変わった。昔は、東京の局で採用され、そのまま地方に動かないアナウンサーも珍しくなかった。むしろ、それが普通といえた。となれば定点観測をしているようなものだ。

　神崎は、千波が入社した頃には、独特の渋い声を聞かせるアナウンサーだった。ビデオやDVDになった番組で、彼のその頃の声が幾らも残っている。

　神崎が次長から室長に昇進した時、祝いの会で隣り合った千波は、何の気なしにいった。

「室長室の壁に、荒海と松の絵が掛かってますよね」

　神崎は、千波たちにも人気のあった声で、《ああ》と応じた。

「わたし、あれ、好きなんです。一目ぼれかな。退職する時は、こっそりはずして持って行きたいですね」

管理職の神崎は、濃い眉（まゆ）の下の目を、大きく広げた。

「おいおい。怖いこと、いうなよ」

絵の値段を聞いて、千波は仰天してしまった。二束三文とはいわぬものの、無理をすれば自分でも買えるぐらいかと思っていた。それほど無造作に掛けられていた。神崎の話によれば、描いたのは高名な日本画家だった。まだ若い頃、ある縁からアナウンス室に寄贈してくれたらしい。小品だが、出来のいいものだという。昔はともかく、時を経た現在では大変なお宝になっていた。

「じゃあ、気に入ったわたしは、目が高いってことですね。――でも、いいんですか。そんな貴重品を、あんな所に掛けておいて」

「あんな所――とは、結構な言い草だな。まあ、アナウンス室長が激務だから、いい絵でも見て、命の洗濯をしろっていうんだろう。岩に根を張る松のごとく、嵐（あらし）に揉（も）まれても、せいぜい倒れないようにするさ」

俗な説明をされると、神韻縹渺（しんいんひょうびょう）としていた筈の絵が途端につまらなくなったから不思議だ。

今、洗濯用の松の絵は、神崎の後ろの壁に掛かっている。

中に入ると、神崎は《おう》といい、応接セットのソファーを手で示した。向かい合った彼が切り出したのは、やはり人事の話だった。

「朝のニュースショーの担当が変わるんだ」

驚かない。ローテーションを考えると、妥当な時期だ。しかし、呼んでこう口を切るなら、自分が引き継ぐのだろう。そちらの方は意外だった。千波は、同じ番組を十年以上前に担当している。今度、ニュースをやるなら夜だと予想していた。

続く神崎の声が、疑問の答えになった。

「四月からは、君に上手（かみて）に座ってもらおうかと思っているんだ」

千波は、戦慄（せんりつ）に近い緊張を覚えた。慣れが身に染（し）み付かない若い頃には、感じることの出来た、震えるような快感だ。

他局はともかく千波のところでは、大きなニュース番組で女性が上手――つまり、向かって右に座ることがなかった。上手の男性がまず、最初の言葉をいい出すのが決まった形だった。ゲストが来ると、当然、その上手――つまり男性の隣に座る。話しやすい所にいるのは右手の男になる。

もっとも、しばらく前から、そういう時の会話も含め、話す率はほぼ均等に割り振られるようになっていた。昔はあったメインとサブの意識も、若い人にはあまりないだろう。それが当たり前と思っているのだろう。しかし、千波に限っていえば、《開局以来初》という誇らしさだけでなく、この件にこだわる、個人的な理由があった。

七

四国行きの一行は、縁起のいい数、七人になった。大学の演劇の先生。アナウンサーの千波。そして、ディレクター、カメラさん、照明さん、音声さん。これに手配したワンボックスカーの、ハンドルを握る運転手さんである。収録は、順調に進んだ。

琴平の町に入ると、交通標示に《こんぴらさん》とあるのが、千波の気に入った。

「イエス様といっても、イエスさんとは、あまりいわないんじゃないですか。京大阪ならどうだろう。イエスはん――かな。それも柔らかくっていいですね」

関東人の千波は、神様のさん付けが、いかにも違う文化圏のことのように思えた。今、乗っている車が宝船とすれば、一同が七福神。千波は、普通にいえば弁天様の役回りだ。弁天さん――とはなるまい。そうだ、大阪では確か恵比須(えびす)様のことを、《えべっさん》といった筈だ。こういう神様なら、気前良く、福をくれそうな気にもなる。

「――《らしく、ぶらず》っていう言葉がありますよね。上に立つ者の心得――だったかな？　神様にしたって、くだけ過ぎて、それらしくないのも困る。だけど、神様ぶってあまり偉そうにされると反感を感じる。そんな発想じゃないかしら。――そう考えると、神様のさん付けに、関西の強(したた)かさや、豊かさを感じちゃいますね」

ちょっと面白い視点かな、と思った。ところが、隣にいた先生が、あっさり応じた。

「いや、東京でも《向こう横町のお稲荷さん》なんて、いい方をする」

「はあ」

いわれてみれば、確かにそうだ。

「それに、《様》が転じて《さん》になったんだよ。元をたどれば、同じなんだ」

こういわれて、つまらなくなった。

しかし、現代人の使う《さん》と《様》に、敬意の差があるのは確かだろう——などと考えているうちに、車はホテルの駐車場に入った。撮影現場に近いここが、前もって押さえてあった。

ホテルのロビーで、現地の案内役の方と合流する。香川県琴平町といえば、昔からまず指を折られるのが金毘羅大権現。今はそれに加えて、金毘羅歌舞伎となる。

江戸の劇場の姿を今に伝える金丸座が、この地に残っている。ゆかしい建物を、ただ文化財として眺めるだけでなく、舞台で生きた芝居を行うようになって久しい。今では毎年、切符を手に入れるのが難しいほどの人気を集めている。

公演を支えて来たのが、現地のスタッフだ。様々な形で、多くの人が関わっている。

今回、千波たちは、金丸座の舞台機構を取材に来た。その点に絞っても、文字通り、縁の下の力持ちが大勢いる。華やかな舞台に向かって役者をせり上げる、歌舞伎ではおなじみの仕掛けも、ここでは電気の助けを借りない。江戸の昔がそうであったように、全て人が動かす。

坂道を上りながら、そういう話も聞いた。放送の時には、今までの金毘羅歌舞伎の映像などと合わせて、分かりやすく興味深く見せられるだろう。

やがて冬晴れの空を背景に、金丸座の大きな屋根が見えて来た。白い壁に黒茶の柱や横木が映えている。

「それが、空井戸（からいど）」

中に入り、舞台に立つと、専門家の先生が花道の角に、おまけのように付けられた、半畳ほどの四角い板の部分を指さした。

「――あれが、いってみれば蓋（ふた）だな。あの下が、抜け穴になっている」

「じゃあ、本当に井戸みたいな作りですね」

「花道の七三の穴は、知ってるだろう」

「はい、すっぽん」

「うん。今の劇場なら、すっぽんは見られる。しかし、空井戸っていうのは、ここぐらいだな」

今回、金丸座に来たのも、昨年大改修を終え、本来の姿により近づいたといわれるからだ。その説明なども聞け、充実した取材になった。カメラは天井を見上げ、また、奈落と呼ばれる床下にも入った。当然のことながら、暖房などない。時期が時期だけに、しんしんと冷えて来た。

帰りは同じ道を下るよりも――と、すぐ脇の琴平町公会堂の敷地を抜けた。公会堂という名称から連想するような、コンクリート造りの近代的なものではなかった。金丸座の側にあるのがふさわしい古風な建物だった。

小砂利の敷き詰められた中庭を歩きながら、千波は、長く枝を伸ばした大樹を見上げた。

「――桜ですね」

案内の人が嬉しそうに、

「そうなんです。ここの桜は見事なんですよ。特に、満開から散り始める頃、下に立つと、夢みたいですよ」

「ああ……」

想像できた。今は上には、青い空が見えるだけだ。明るい割に、風は頬を刺す。だが、それが穏やかな空気の流れになった頃、張り出した枝々の花が一斉に開くのだろう。視界は、白に覆われる。

「花びらが、風に乗って一斉に流れるんですね」

「ええ。枝が張り出しているから、本当に雪の舞台に立ったようですよ」

「じゃあ、金毘羅歌舞伎に来た方は、桜も一緒に楽しめますね」

「それがねえ、大体において、花時が終わって歌舞伎が始まるという巡り合わせなんですよ。日程がそうなってる」

いかにも、《それだけは残念》という口ぶりだった。

枝々は、冴え冴えとした光を受け、小砂利の上に影の線を、くっきりと引いていた。

背が高い方の千波だが、そのせいだけでなく、取材の時は大体、フラットシューズを履いている。ヒールを気にせず行動出来る。この中庭も、踵の高い靴では歩きにくかったろう。仲間うちでも、日頃、《ぺたんこ靴の方が楽でいいよね》などといい合う。その黒い爪先で踏んだ辺りの小石は、ことさら明るく白く見える。

「桜貝ってありますよね」

案内の人は、生真面目な口調で答える。

「ええ」

「あれって、かなりピンクですよね。桜って、イメージの中だと、実際よりずっと桃色に近づくでしょう?」

「ああ――。そうなりますかね」

現実の狸は、おとぎ話で想像するよりずっと小さい。夕焼けは、言葉で考えるほど赤く空を染めない。普通は、サーモンピンクに近い。

桜もそうだ。桜色を和英辞典で引くと、ピンクになるだろう。確かに紅を帯びた種類もある。しかし、大抵は、はるかに白い。白いから、風に流れる花びらは、時ならぬ雪に似る。

駐車場に戻ると、車はこんぴらさん――金刀比羅宮に向かった。実際に放送で流すかどうかは分からない。民謡の回なら、「金毘羅船々」の歌と共に使うだろう。今回はそうもいかない。しかし、他ならぬ琴平に来たのだ。ディレクターも、取り敢えず、ここのカットだけは押さえておきたい——というわけだ。それより何より、御挨拶しなくては申し訳ない。

「金毘羅歌舞伎の役者さんも、まず、いらっしゃいますよね？」

「そりゃあ、もう。皆さん揃って、本宮でお祓いをお受けになり、玉串をお供えなさいます」

千波も、行くことには大賛成だった。

「二十数年ぶりですよ」

十代で石段を踏んだ記憶があるからだ。

《四半世紀ぶりかい》とディレクターがいい直す。そういう物差しを当てられると、いかにも遠い過去という気がする。

「ええ。高校の修学旅行でした。可愛いセーラー服でね」

「お参りして、何、お願いした？」

「覚えてないけど、——その頃なら、学業成就かなあ」

そうだった。一番切実なのは、大学入試の合否だった。

千波は、母一人子一人の家で育った。だが、経済的につらい思いをさせられたことは、一度もない。母は自分に関する出費を極力抑えていたのだと思う。そして、千波が中学生の時、貯めていた金で、今の家を買った。小さな家だったし、その頃は交通

も不便な場所にあった。それでも、自分の家を持とうとした。渡りに舟といった感じの、何らかの話があったのだろう。端的にいえば、買える値段だったに違いない。それにしても、大きな買い物に踏み切ったものだ。

昔の男なら、家を持つのが甲斐性と考えたか知れない。しかし、女の母がそうするには、定住の地を得たいという、何らかの思いがあったのだろう。

母親の仕事は、中学校の教員だった。千波が子供の頃から、勝手に思い込んでいた程には、困っていなかったろう。家を買うくらいだ。むしろ安定した中流家庭の子といえる。

しかし、あの頃はとにかく、浪人をして、母に余計な出費をさせたくはなかった。いや、今にして思えば、母のためというより、——自分の心の負担になることが嫌だったのだ。

受験生なら誰でもそうするだろうが、とりわけ神前に立った自分は、苦しい時の何とやらとばかり、現役合格を願った筈だ。

ディレクターは、呑気な声で、

「だったら相手は、まず天神様だろう。内科と外科みたいなもんじゃないか」

そこへ、まだ若いカメラさんが、時代差を感じさせる質問をして来た。

「ええっと、その頃はもう、橋はあったんですか」

最近では、記憶の検索装置が曖昧になっている。ついこの間、起こったと思う事件が、確認するとかなり昔のものだったりする千波だが、さすがにこれは間違えない。

「瀬戸内海っていうくらいだから、海よ。海に橋が架かるような時代じゃなかったわ。勿論、船で渡りました。ルートはもう覚えてないけど、とにかく——」

行きだったか、帰りだったか、船の甲板に立ち、この目で、巨大な生き物のように蠢く、鳴門の渦潮を見た。

四国では、一体、どこに泊まったのだろう。もう覚えてはいない。共学校なら、どきどきするようなこともあったか知れない。しかし、夜の旅館の思い出は、至って色気のないものだ。

中学生でもあるまいし、消灯と共に枕を投げた奴がいた。それをつかんで投げ返した奴もいた。旅館の枕がスポンジならよかったのに、運悪く、昔ながらの蕎麦殻入りが用意されていた。ソフトボール部のエースが投げたわけでもあるまいに、運の悪い時には仕方がない。枕の縫い目が、切れたかほどけたかして、花咲爺さんが灰でもまいたように、夜の旅館に蕎麦殻が散乱した。第三者には笑えても、当事者にはおかしくも何ともない。幾つかの班が寝ていたのに、何の因果か、千波が名簿の名前に二重丸のついた室長だった。

——馬鹿野郎めら！

と、内心、毒づきながら、先生方の部屋に出掛け頭を下げ、やって来た宿の人の苦り切った顔に、また頭を下げる羽目になった。毒づく相手は、同じ女子高校生だから

《野郎》ではなかろう。しかし、そうとしか、いいようがなかった。掃除機は目詰まりするといけないし、第一、夜はうるさいからといわれ、一同で布団を上げ籾殻を払い、渡された箒とちり取りで掃除をした。

後始末が終わった後、先生から、

「枕投げはまずかったが、後の石川の対応はよかったな」

と、いわれた。

嬉しくて覚えているわけではない。部屋が闇に沈んだ後も、すぐに寝るわけがない。近くの仲間と話し続ける。隣に美々がいた。何かの話題について、千波が語り美々が応じた。その時、離れたところから、誰かがコメントした。

「――美々ちゃんはロマンチストだからなあ」

千波はむっとして、《馬鹿野郎》と思った。そんな意見は、水の泡のように無責任にぽかんと浮いて出るものだ。深い考えがあってのものではない。当たり前だ。ただ直前の件についていえば、千波は枕投げなどするような生徒ではなく、事に当たって、てきぱきと行動し、先生に褒められるしかなかった。そういう自分をリアリストといわれたような気がした。

闇の中では、一方的と分かっている思い込みが、妙に屈辱的でもあり、哀しくもあった。

八

　四半世紀ぶりの金刀比羅宮だが、今度は石段で息を切らすことなく着ける。車が、関係者のみ通行可能の脇道を上ってくれた。撮影機材があるのだから、そうせざるを得ない。ところが車は、秘境を訪ねる撮影隊の行くような、細い山道に迷い込んで行った。

「こりゃあ、分かれ道で間違えたな。戻るしかない」

　地元の案内の人にとっても、日常的な道ではなかったのだ。高所恐怖症ではない千波にも、あまり見たくはない眺めが、車輪のすぐ脇に展開したりした。暮れやすい冬の日も、まだまだ沈まず、高みに上ると、風景は一層明るくなった。

　回り道の末、やがて、車は社殿の横手に到着する。今日の予定は、金刀比羅宮までだったし、難しい撮影もない。多少の遅れも話の種だ。車から降りた時、千波は、自分がかつてここに来たことなど頭になかった。拝礼を終えた後、社殿の前と、琴平の街を見下ろす辺りで、説明的なカットを収録すれば終わりになる。――そう事務的に思っていただけだ。

　だから、その夜、琴平のホテルに入り、打ち合わせを兼ねた早い夕食をすませ、自分の部屋に落ち着いた後、――まずしたことが、牧子への電話になったのは、意外な展開といえた。

「あら、帰ったの？」

と、牧子は聞いた。一日、早いからだ。旅先から掛けているせいか、千波はくつろいだ時の男言葉にならず、先を急いだ。

「ううん、今、琴平。明日、もう一か所寄って、高松空港から帰る。——讃岐（さぬき）うどん買って」

うどんは、牧子とさきへのおみやげだ。

「ふうん。——ギンジローなら元気みたいよ」

「そうじゃないの。今日、こんぴら様に行ったの」

関東人の千波は、《様》づけで呼んでしまう。

「こんぴら……」

「すっかり忘れていたけど、そこにね、鏡があったの」

牧子は、ますます分からなくなったようだ。

「え？」

「畳一枚立てたぐらいの大きさで、鏡の面が波を打っているの。ほら、遊園地なんかに、凹面や凸面のがあったりするでしょ。あれよ」

「ええと、……こんぴら様って、確か神様でしょ。どうして、そんなものが掛かってるの」

「いわれなんか知らないわよ。とにかく、上の方がぐにゃんと間延びして、顔の辺りはまあまともに――そして下半身が縮んで映るの」

「どんなものかは、想像がついたけど……。その鏡がどうかしたの」

「高校の修学旅行で、わたしたち、こんぴら様に行ったでしょ」

牧子は《四国まで足を延ばしたんだよなあ、栗林（りつりん）公園とか……》と、記憶のフィルムを巻き戻しているようだ。

「――その時、牧子と美々ちゃんとわたしがね、揃って前に立った。――そういう鏡なのよ」

牧子が驚きの声をあげた。千波は、その驚きを追いかけるように、

「牧子は、クラスが違ったでしょう。でも、近くにいたんだね。手招きでもして並んで、誰かにシャッター押してもらったんだ。覚えてない？」

と、無理をいう。

「忘れて当たり前じゃない。びっくりしたのは、トムさんが、そんなこと覚えてたからよ」

千波は、《その質問は、ごもっとも》と、一人で頷き、

「写真が残ってるの。わたしの高校時代のアルバムに貼（は）ってあった。変形された三人が並んで写ってる。変わってるでしょ。だから、前に立った途端、《ああ、あの写真て、ここで撮ったんだ》って、――記憶が蘇ったわけ」

小学生の頃の写真は白黒が多い。高校時代ともなれば、カラーになっていた。長いこと開いてもいないアルバムだが、しまった場所は分かる。帰ったら探してみよう
——と、千波は思っていた。

「……へええ。そうなんだ」

「鏡を見つけて喜んで、《ここで撮ろう》っていったのが、わたしなのよ。牧子たちはあんまり、興味を示さなかったんだ、きっと。——わたしは、《映像的に面白い》と考えた」

「さすがはテレビ人間だ」

妙ないい方だ。

「綺麗に撮れてたら焼き増しもしたけど、そういうデフォルメされた奴だからね。自分のアルバムにだけ貼っておいたんだよ」

実際以上の美人に撮れたなら、似ていようがいまいが、貰う気になる。わざわざ、よりおかしくなっている写真など欲しくはない。

千波は続ける。

「——で、さあ。確実に、二十何年か前、三人並んでた場所なんだよ。その鏡の前って。わたし、今日、そこに立ったの。妙な気持ちだったなあ。だって、こんぴら様の神社だよ——」

正確には金刀比羅宮だが、話し言葉だからこうなる。

「通い慣れた場所じゃない。生涯に、たった一度だけ来た所だよ。しかも、そのある一点に、思いがけず、またわたしが立ったんだ。《他の二人はどうしてる》って、いわれたような気がした」

「とりあえず、生きてるわ」

「まあねえ。で、さあ——その時のわたしたちって、今のさきちゃんと同じぐらいの年なんだ」

「ええと、修学旅行って、二年生で行った筈だから、もう上だよ、さきの方が」

「——だよね。あの頃はさ、自分が四十越えるなんて、百万年も先のことだと思ってたのにね。不思議なもんだ」

と口に出せば、ごくありふれた感慨になってしまう。鏡を見つけた瞬間、千波は、もっと鮮烈な、過去という刃(やいば)の不意打ちにあったような気がした。その奇妙な実感が、うまく言葉にならない。

二十数年前の時が、透明なゼリーにでも包まれて現れたようだった。ショートカットとお下げとポニーテールの、昔の女子高校生が三人、自分と鏡との間に立っている。濃紺の制服の背が見える。まだ十代の三人の、若々しく、不安げで、余分な肉のついていない肩が見える。

「鏡はね——」

と、千波はいった。

「すっかり古びて、枠からはずれて、下の方にずり落ちていたんだよ。あれから、四半世紀。覗き込んで《何だ、こりゃ？》なんていう、色んな人を映し続けて来たんだろうねえ。それも疲れる仕事かも知れない。わたし、思わず、手を伸ばして触っちゃったよ」

「硝子（ガラス）が水面になって、昔に入っていけるかと？」

そんなことを思ったら、それこそ金箔（きんぱく）付きの《ロマンチスト》だ。

電話の後、千波は部屋のバスで汗を流した。気持ちのいい露天風呂もあるらしい。それは明日の朝、早起きして行こう。冬籠（ご）もりする熊（くま）のように、今日はもう布団にくるまり寝てしまおう。

シャワーの刺激が肌に心地よい。左の乳房の下を流していると、薄紙に触れる程度の感触があった。豊かな膨らみを指先で押し上げ、覗き込んだ。そっと張り付けた桜貝のような色が見える。その上を、和菓子を覆う葛（くず）のように水が流れている。色の白い千波だから、爪の先程の桃色も目立つ。《桜は実際のイメージよりも白い》と考えたことを思い出した。

……冬なのに、虫に食われたかな。

と、千波は思った。こんなところを嚙（か）むなんて、嫌らしい虫だ。

九

翌日、午後の飛行機で、高松空港を発った。

四国から東京に着くより、東京から埼玉の家に帰る方が、時間がかかる。夕食を都内でとると、さらに遅れる。

「一緒に食べない？」

と、地下鉄を待つ間に電話しておいた。相手は牧子だ。お土産を手渡さねばならない。若い頃なら、東京を素通りするのが勿体なかった。もう、そんなことはない。

牧子は丁度、冷蔵庫の鶏肉を見ながら《親子でも作ろうか、チキンカレーにしようか》と迷っていたらしい。御馳走になるのも気が引ける。千波は、ファミレスの名をあげた。家の前の道を百メートルほど行くと、幹線道路にぶつかる。その角にある。牧子のマンションとの中間地点になるから、よく待ち合わせに使う。

「それより、うちでお鮨でもとっとくよ。駅から電話入れてくれたら、迎えに行くからさ。こっちに寄って帰ればいい。その方が楽でしょ」

親友は有り難い。甘えることにした。

乗り換えを重ね、私鉄のホームに入ると、当駅始発の電車が待っていた。疲れている身には座れるのが嬉しい。四、五分経つうちに、電車は人で溢れた。

――駆け込み乗車は、お止め下さい。

というアナウンスが流れ、軽く目をつむっている千波の耳に、走り込む靴音、閉まるドア、動く車体の響きが入って来た。

――わたしは、情の薄い飼い主かしら……。

と、千波は思った。ひとつ屋根の下に住んでいるギンジローなのに、《まず、顔を見たい》とは思わなかった。今日の夕食分まで、さきが用意してくれている。だから、直接の心配はない。それさえ分かっていれば何の抵抗もなく、ギンジローの頭を撫でるのを後回しに出来る。

――一緒に暮らしながら、わたしは彼に、燃えるような愛情を抱いているわけではない。

降りたところで連絡を取り、キャスター付きの黒いスーツケースを引きながら、改札をくぐる。ロータリーで、しばらく待つうちに、牧子の白い軽自動車がやって来た。乗り込むと、《すまないわね》というより先に、牧子が《お帰りなさい》といった。マンションといっても、田舎だから二階建てが二棟並んでいるだけだ。ドアが開くと、待っていた声がまた、

「お帰りなさい」

と、迎えてくれた。千波は、出発前の空港であわただしく買った讃岐うどんの袋を、さきに手渡した。

第二章　スズキさん

一

　さきは受け取ったビニール袋を広げ、中を覗き込む。和風の包装紙の上に、《讃岐うどん》という五文字が大きく躍っている。

「これが本物……ですか」

「何が本物か分からないけど、一応は、《讃岐で売ってたうどん》。それだけは保証する」

　台所のテーブルには、千波を——さきの普段のいい方をすれば、トムおばさんを——迎える夕食の支度が整えてあった。といっても、届いた鮨を並べただけだ。

　さきはジャンパーを脱いだ。勉強部屋は頭寒足熱。机の下の壁際にヒーターをかけている。足を温め、体の方は厚着をしてやっている。首にマフラーを巻いたりもする。こちらの部屋では、煉瓦色のセーターだけで十分だ。

ガスに火を点(つ)ける。前もって温めてあるから、すぐにお湯が沸く。テーブルの椀(わん)は三つ。鮨についてきたインスタントお吸い物の袋を切り、粉を振り出す。白い薬のようだ。お湯を注ぐと香りが立ち、ようやくそれらしくなる。割り箸(ばし)を割って、食事になった。

千波が、鮪(まぐろ)を口に運びながら、

「さきちゃん、忙しい時にごめんなさいね。ギンジローは、どうだった」

「相変わらずです」

「無愛想ね」

「はい……」

「そういう奴(やつ)だからな。——もう……受験……始まったんでしょう?」

「二つ……終わりました」

「次は?」

「明後日(あさって)……」

「全部で……幾つ?」

食べながらだと、質問も答えも短くなる。

「六つです」

「大変だ」

牧子が、笑っていう。

「トムさん、覚えてる？　受験の時、電車から降りられなくなったよね」

初めて聞く話だ。さきは、目をしばたたいて、

「え、何で？」

「通勤ラッシュと重なってね、山手線が混んでたのよ。我々は戸口の近くにいたからよかった。だけどトムさん、こう見えて意外と要領悪いとこあるからさ、入って来る人に押し返されちゃったの。ドアが閉まってく向こうで、おじさんたちの肩越しに照れ笑いしてた顔が、目に浮かぶわよ」

受験生には笑い事ではないと、さきは思った。

「――トムさんは背が高いからさ。その上、昔のおじさんは今のおじさんより、一般的に低いでしょ。満員電車の中でも埋没せずに、顔が見えたんだな、これが」

呑気（のんき）なことをいっている。そんなことは、どうでもいい。

「――で、どうなったの」

「四、五人いたんだ、同じ大学受けた仲間が」

「日高のおばさんとか？」

「そう。可憐（かれん）な女子高校生たちよ。皆、友情に厚いから、ホームで待ってた。乗り換えて戻って来るのを」

「ああ、時間の余裕があったんだ」

「そりゃそうだよ、受験に行くんだもの。山手線は本数が多いからさ。すぐに反対側

の電車で戻って来た。――これが、一時間に一本なんてところだったら我々も迷ったね。あれこれ心配せずに先に行ったかな。トムさんの並外れた判断力、行動力には、一同、全幅の信頼を置いてたからね。《まあ、何とかするだろう》と――」

「こら、こら。友情はどうした」

牧子は、それに構わず、

「ま、そんな人でも合格するという、めでたいお話よ」

お茶を啜る。それから讃岐うどんのことになった。千波が、お土産についての土産話を始める。

「何にしようかと思ったわ。案内の人に聞いたら、《そりゃあ、うどんだ》っていうの。――瀬戸大橋が出来る前には、面白いことがあったって。その人、東京の大学に行ってたの。初めての帰省の時、岡山から四国に向かうフェリーに乗った。周りには同じく故郷に帰る人たちが、いっぱいいたわけ。そのお客さんが乗船と同時に、凄い勢いで走り出したんだって」

聞き手の親子には、わけが分からない。

「――慣れないと、席取りかと思って慌てる。自分もつられて走ろうかと思った。でも、そんなに混んではいない。じゃあ眺めのいい二階席を押さえるのか、と思うと、これも違う。よく乗ってる人なら、景色なんて珍しくもない。――なぜ急ぐのかというと、フェリーにはうどんコーナーがある。本州から帰って来た人たちが、禁断症状を起こした患者みたいに《うどん……うどん……うどん》と、走り出すんだって。いい話だと思ったわ。香川県人にとって、讃岐うどんは、それだけ特別なものなんだね」

千波は、半信半疑のさきに、

「——高校の学食も、ちょっと違うんだって」

「え。どんな風に？」

「その人がいた頃のメニューは、うどんとカレーだけ。それで、そのうどんもね、食べる分を自分で湯掻くんだって」

「へえ！」

「一度に十人ぐらい湯掻ける場所がある。生徒がそこにずらっと並んで、交代しながら次々に湯掻いていく」

学校の情景とは思えない。

「面白い——」

「香川の人には普通なのよ。——その人がしばらくぶりで母校に行ったら、ナポリタンとか、色々メニューが増えてた。でも、一番人気は、やっぱりうどんなんだって」

「じゃあ、わたしもあっちにいたら、お昼にうどん、湯掻いてたんですね」

「そうね」

さきは、三人の鮨桶を持って立ち上がる。海老の尻尾や生姜の残りを捨て、桶の底に水を張っておく。その背中に、牧子が、

「さきのとこのメニューは？」

「日替わり定食と、後はやっぱりカレーとうどんかな。そうそう、メニューがホワイトボードに書いてあるんだけど、近頃それに、悪戯するのが流行ってる」

「書き換えちゃうの？」

「そこまでやったら、まずいでしょ。《A定食、1600万円》なんてね。――もっと罪のない奴。書いてある文字の一画だけ落とすの」

「一画？」

　さきは振り返って、空中に文字を書く。

「最初、誰かが《ピラフ》の《ピ》の丸を消したんだ。ほら、ホワイトボードの字って、指の先で簡単に消せるじゃない」

　千波が腕組みをして、文字の並びを思い浮かべ、

「《ヒラフ》か、何か脱力するようでいいね」

「ちょうど、日本史で《何とかの比羅夫》っていう人が出て来てました」

「阿倍比羅夫！」

「それです」

　千波は胸を張る。

「こういうのって、何だか覚えてるんだよね。ただし、言葉の響きだけ。――世界史だと、鳩摩羅什とか郎世寧とか」

わけの分からない名をあげる。さきは、お茶のおかわりを注ぎ、

「その《ヒラフ》が、一部で静かに受けたんです。次に行った時、見たら、今度は
――」

「どうなったの」

と、聞き手の関心は引けた。さきが続ける。

「カレーライスがね、《カレーライフ》になっていたんです」

「あ……。そう来たか」

と、千波が膝を打つ。

「何だか、毎日、《カレー生活》を送ってるみたいでしょう?」

「なるほど。――《ハヤシライフ》なら、自然と親しんでるみたいだね」

二

そこで、さきは母親から聞いた話を思い出した。

「トムおばさんのあだ名が、《トムさん》になったわけ。――あれも面白いですよね」

「そうそう、やっぱり言葉遊び……みたいなものだからね」

牧子が、回想の目になり、

「英語の時間だったよね、中学校の。――一年の終わりか、二年生ぐらい」

「うんうん。おじいさんの先生だった――」

千波は首を動かしながら、《おじいさん》を《おじーさん》と、長く引き伸ばしていい、

「――もっとも、今の目で見たら、そんな年でもないんだろうね。まあ、あの頃はこっちが若いからさ。今にも、山に柴刈りに出掛けそうな感じだった」

「そうかなあ？」

「そうだったよ」

「だけどさあ、《柴刈り》なんて、いい出す方がおばあさんじゃないの」

「うるさいぞ、同世代。――でさ、授業の始まる前に、指定された問題の答えを、黒板に書いておく。その講評から始まるんだよね。――英語だから横書き。答えを書いて、右にやった人の名前を書いておく」

「水沢――とかね」

「日にちの数字の出席番号で当たるから、名前を見ないと、誰がやったか分からない。わたしの解答の説明にかかるところで、おじいさん先生、首をかしげた。そして、おっしゃった」

「――トム？」

千波が続けて、

「――誰だ、こりゃあ？」

噴き出すほどではないが、かつての同級生二人は楽しげな顔になった。その時の教室の空気が、一瞬、蘇(よみがえ)ったようだ。

牧子が、注釈する。

「トムさんさあ、《石》の字の《口》のところ、丸く書くからさ。あれが《o》になっちゃうんだよね」

千波が頷(うなず)きながら、

「それで《川》が《m》。続け字で横書きした《石川》が、英語の《Tom》に見えるなんて、それまで思いもしなかった。――いわれてみれば、なるほどよ。わたしの書き方だと、確かにそう見えちゃうんだ」

千波はペンを借り、新聞広告の裏に、自分の名字をサインしてみせる。

「その日から、《トムさん》になったんですね」

「そうそう」

牧子が、ペンを引き取り、横に文字を加えて、

「《夕刊》っていうの、急いで横書きすると、ほら《タモリ》に見えるよ。《トムさん》もこの仲間だ」

「《タモリ》の仲間か、意外だなあ」

その後、ライブハウスの件に話が移った。前売り券は会場でのみ販売――なので、牧子が、わざわざ青山まで出掛けた。

「無事五枚ゲット」

千波が、片手を広げ、指を折りながら、

「わたしたちと——美々ちゃんね。もう一枚は？　玲ちゃん来られるの？」

「大学から向かうって。親がお金出してくれるなら、喜んで行くそうよ」

「類さんは？　——まあ忙しそうだから、無理か」

「そうなのよ、残念無念なんでしょうね、娘にべったりだから。女房殿はとにかく、玲ちゃんが来るんなら、ホイホイいって現れる人よ。でも、その日は、どうしても空かないみたい」

牧子はそういいながら、冷蔵庫にマグネットで止めてあった封筒に手を伸ばし、薄緑色のチケットを取り出す。

「——渡しとくね。座席指定じゃないから、遅れると立ち見になるかもよ」

「そりゃあ恐ろしいな。昔なら二時間ぐらい何でもなかったけどさ、寄る年波には勝てんよ」

「わたしもさあ、この間、爪の先が変に割れちゃって。——カルシュウム足りないのかなあ」

渡すお土産も渡し、貰うチケットも貰った千波は、そろそろ腰を浮かし始める。《じゃあ、トムさん、送って来るから》と牧子も立つ。車の鍵と戸口の鍵が一緒についたキーホルダーを、さきに示し、《閉めとくから》というのは、《もういいから勉強しなさい》

Tom

という意味だろう。

すぐに部屋に戻る気にもなれず、さきは水を張っておいた鮨桶をスポンジで洗い出す。聞くつもりもなかったその耳に、声をひそめた母たちの、ドアを閉める間際の会話が響いた。

鮨桶の黒い底には、うっすらと白い粘りがついている。水を張っておくと、それが緩む。スポンジで柔らかく拭っただけで、つやつや綺麗になる。後は流して、水切りかごに、逆さにしておけばいい。明日の朝までには乾いて、戸口に出せるようになっている。

母親のしていたことを、いつからか、さきもするようになっていた。その耳に、千波の低い声の断片が、わずかに入った。

「……美々ちゃんさ、まだあのこと、玲ちゃんにいってな……」

《……ないの？》と聞いたらしく、語尾が上がった。牧子が、それを肯定したような感じだった。

——そこで、完全にドアが閉まった。二人は、会話も共に連れ、冬の冷気の中に出て行ってしまった。

部屋がしんと静かになり、蛍光灯もほんのわずか暗く感じる。

何だろう——とは一瞬、思った。日高のおばさんが、何を黙っているのだろう。だが、いかにも大人の事情がからんでいそうだった。さきには、自分の前で話題にならなかったことを、《ねえ、あれ一体、何なの?》とほじくる趣味はない。そういう淡泊さも母親ゆずりなのか——と、思ったりする。そんな年になっていた。

三

日高の一家は、隣の市に住んでいる。日高美々は、以前、婦人雑誌の編集部にいたらしい。今は、家で夫の類のスケジュールを管理したり、フィルムの整理をしたり——ピッチャーに対する良きキャッチャーのような役回りについている。

牧子と、千波、美々。学生生活を共にした、かつての娘たちも、今は四十を越した。そういう女三人の日常的付き合いが、いまだに続いている。かなり、珍しいことだろう。

まず、三人の家が近い。そういってしまえば簡単だが、ここに至る、かなり複雑な《歴史》がある。さきも一度聞いただけでは、よく分からなかった。整理すればこうなる。

——母と千波とは、小学生からの仲だ。牧子の実家のある町に、幼い千波が転校して来た。親友といえるようになった二人だが、中学三年になった時、千波がまた転校してしまう。現在の家に移ったのだ。同じ県東部でも、牧子が電車で行くには、乗り換えた上、駅から、かなり歩かねばならない。ここで、関係が切れて不思議はない。

ところが、成績も似通っていた二人の女子中学生は、手紙のやり取りをしつつ、当然、同じ高校を目指した。そして翌年の春には、また同じ教室で机を並べるようになったのだ。

牧子たちは、高校で美々を知る。しかし、三人が本当に親しくなったのは、大学に進んでからだという。

そして、年月は流れた。

結婚すれば、誰しもそれぞれの生活に入る。女同士だと、この辺りで、昔の友達とも疎遠(そえん)になるものだ。実際に、そうだった。

だが美々は、仕切り直して再婚。以前より千波に近くなってしまった。相手の類がたまたま埼玉県人だった。落ち着いたのは、名産が桐箪笥(きりだんす)の街。市町村でいえば千波と隣同士になった。

一方、牧子はどうしたか。神奈川で、数年の結婚生活を送っていたが、やがて別居するようになった。しかし、生まれた家には兄夫婦がいる。どこかに、家を借りようとしていた。ちょうど千波が、東京から実家に戻っていたから、《まかしとき》とばかり、てきぱき動き、近くのマンションを紹介した。こちらは離婚によって、近くなった。

こういうわけで、三人の居住地の小さなトライアングルが完成した。

しかし、近くにいるからといって、親しさが保てるわけではない。大人には仕事の都合もある。その点で、一番大きかったのは、若い千波が朝のニュースの担当になったことだろう。

　さきは、母親にいわれたものだ。

「朝、テレビに出て来るアナウンサーって、何時頃、家出すると思う？」

《家出》といえば現代人なら、出た切り帰らないように思う。大昔は、普通に出掛けることも《家出》といったらしい。牧子の父親――さきからいえば祖父は、古めかしい言葉を使ったそうだ。ふざけてかどうか分からないが、《今日は三時、家出》などと。それが、こうして縦に繋（つな）がり、次の親子の間で使われる。

　さきは、勿論（もちろん）、母の問いに、

「分からない」

　牧子は、偉そうに指を二本立てて振りながら、

「――二時家出！」

　かつて千波に聞いたわけだ。知っていても、別に偉くはない。

　そんな時刻だと、出社の際、アナウンサー本人がハンドルを握ってはいけないらしい。ハイヤーが迎えに来る。プロの運転手にまかせる。それが、確実に到着しなくてはならない者の義務なのだ。うっかり、《家出》されてはたまらない。

　真夜中の高速道路は、当たり前の話だが空（す）いている。三時には局に入り、着替え、メイクをする。打ち合わせが四時――という段取りだ。

一日がそう始まるのだから、終わり方もずれるという。日中の取材はある。資料も読み、頭に入れる。会議もある。しかし、とにかく早く帰宅しなければならない。だから楽——なのではない。帰っても、のんびりしてはいられない。生活のリズムが違う。昼が夕方で、夕方が夜のように暮らす。体調の管理もまた当然の義務だから、遅くとも八時までには食事も入浴もすませ、眠りに就かねばならない。小学生より早く、夢の世界に入るわけだ。

——二十代の終わりから三十代の初め、千波は、こういう生活を送った。普通の社会人とは、全くリズムが違う。定時に出て帰るような勤め人と付き合うことなど、出来っこない。

千波の母親の、最初の入院は短期ですみ、職場に復帰することも出来た。家の夕食を早く支度し、帰った母親と食べるのが基本になったが、それだけでは味気無い。自然、早過ぎる夕食の相手を物色することになる。牧子も美々も、仕事は家で、一人でしている。気分転換はしたい。時間は自由になる。子供が小さかったから、さっと集まり、遅くとも六時半で切り上げる、などというのも、むしろ大歓迎だ。気のおけない昔なじみだから、家に来られても、それほど凝った料理を出す必要もない。近くにいて、今は三原色のように違った生活を送っている。それぞれの情報が、目から鱗（うろこ）の場合もあり、役立つこともある。

話し相手として、これほどの好条件はないだろう。学生時代に出来たのが第一の繋がりなら、この頃に、生活する三人の第二の繋がりが生まれた。——さきは、そう聞いていた。

その繋がりは、思いがけないところにも、影響を与えていた。

千波に向かって、今まで何となく発しにくかった質問が、さきにはある。実は薄々、答えは分かっていた。

高校生になって、夏休み明けの宿題テストの勉強をしていた時、母が夜食を作ってくれた。台所で、柚子（ゆず）の香りのするお茶漬けを啜っている頭に、ふっとその疑問が浮かんだ。母に聞いてみた。

「ねえ。トムおばさんは、猫、好きだったの？」

牧子は、流しに向かっていた。白地に、淡い水色と紺の、障子の桟めいた格子（こうし）模様のシャツを着ていた。背中が涼しそうだった。洗い物の手を止め、ゆっくりと向き直った。そして、《あの人が——》といった。普段のように《トムさん》とはいわなかった。

「あの人が——猫の話をしたことはなかった。——子供の頃から、一緒にいた時間はいっぱいあったのにね。長い、長い時間があったのにね」

盛んに鳴く虫の声が、窓越しに響いていた。牧子は続けた。

「さきが小さかったら、こんなこと、いわない。だけど今のさきなら、もう、そういうことを聞いてもいいと思う。……ううん、違う、わたしの方がしゃべっておきたいんだなあ。さきの心に、残しておきたいんだなあ——あの時の、わたしの気持ちを」

そして《お茶でもいれない？》と、いって洗い物のけりをつけにかかった。さきは、お湯を沸かし、紅茶をいれた。

椅子に座った牧子は、ティーカップを口元に運びながら、

「あの夏のこと、覚えているよね」

四

トマトをずらりと並べるように、幾つもの《夏》があった。だが、猫の話なのだ。ギンジローと、初めて会った年のことに決まっている。忘れられない、大変な夏休みになった年だ。

さきは小学六年生。母と動物園に行った翌日が、学年のプール登校だった。ある回数以上、出席するのが宿題の一つになっていた。しかし、そんな義務感より何より、水に入るのが楽しかった。頭上には濃い青い空が広がっていた。

――はい、流れるプール！

と、先生が叫ぶ。皆が歓声を上げ、同じ方向に回り出す。洗面器の中で動かす手が渦巻きを作るように、プールの水が動き出す。自分もその一員になっている歩く人の群れが、大きなゆったりとした流れを生み出すのだ。水がいつもより、とろりとした液体のように感じられる。その透明のものを押して行く。両脇に手を広げると、流れ

が実感出来て面白い。やがて、歩く速度を緩めると水に置いていかれるようになる。透き通ったものが、指の間を柔らかにくすぐりながら、擦り抜けて行く。

——逆回りっ！

待っていた指示だ。向きを変え、反対に進む。今まで共に歩いていた水が、今度は重く逆らい、さきの行く手を阻む。その抵抗感が面白い。

水面は緩やかに波打ち、きらきらと光っていた。あちらこちらで、笑い声と共に、しぶきが上がった。いつものように、水中じゃんけんをしたり、ボール遊びをしたりして、愉快に過ごした。

友達とおしゃべりしながら、何もかもくっきりと見える、明るい日盛りの通学路を帰って来た。ところが、《じゃあね》と手を振って入った家の中は、しんと静まり返っていた。

小学生の目に見える母は、昨日も普通と変わらないようだった。今朝もいつもの通りに食事を作り、笑顔で送り出してくれた。その牧子が、床に就いていた。

牧子は、さきを見上げ微笑んで、いった。

「夏風邪みたい。熱が出ちゃった。ちょっと寝れば下がると思うから」

そういえば昨日、動物園にいた時から、母の動作は、何となくゆっくりしていた——かも知れない。自分の楽しさに溺れて、考えもしなかった。

スーパーに行って、頼まれたレトルトのおかゆやヨーグルトを買って来た。母の役に立つのは嬉しかった。しかし、それも最初のうちだけだった。風邪なら、薬を飲んでしばらくすると汗をかき、熱が下がって来る筈だった。長くとも二、三日で、いつもの母に戻る筈だった。ところが、売薬を飲んでも一向に快方に向かわない。

「ねえ、お医者さんに診てもらおうよ」

真剣にいうと、牧子も同意した。さきが朝早く、近くの病院の予約を取って来た。その日は、牧子が何とか自分で車を運転した。駐車場から病院の玄関までを、並んでそろりそろりと歩いた。道のりが、とても遠く思えた。アスファルトから反射される熱が、痛いように熱かった。

若い医者が、あっけないほど簡単に風邪の診断を下し、熱さましの薬を処方した。だが、家に帰り、横になった牧子の顔から、汗は次々と噴き出すのに熱が引かない。

夕食の時、

「ごめんね」

と、母の牧子は詫びた。食事の支度が出来ないからだ。さきは、強く首を横に振った。牧子は、しばらく薄暗い天井を見ていたが、

「……ね、トムさんのおばさんに電話かけて」

といった。

最初にかけた時、千波はまだ帰っていないようだった。九時を回って、二回目にかけた電話で運良く繋がった。玄関の戸を開け中に入ったばかりらしかった。早速、着

替えもせずにやって来てくれ、牧子に顔を近づけ、何か話していた。

事態が進む前は、母の世話も家事も、一人でやりたいと思っていた。そのことに、子供なればこその誇りも持てた。だが、母の具合は悪くなる一方だった。

小学六年といえば、大人の目から見るほど、幼くはない。色々なことが出来る。しかし、さきはもう、体より心が疲れ切っていた。どこまでやれば終わるという当てがない。先が見えない。

――どうなってしまうのだろう？

そう思っていたところだから、大人が来てくれて、ほっとした。

翌日の朝食は、千波が早く来て、作ってくれた。出勤時間を遅らせ、病院まで二人を連れて行ってくれた。車から降りる牧子に手を添え、そのまま一緒に歩き、待合室の椅子に座らせてくれた。

千波はそこで、

「悪いけど、休めないんで――」

と、片手拝みして出て行った。

しばらくして牧子が、妙なことをいい始めた。

牧子は、千波に手伝ってもらい袖を通した、横縞のブラウスを着ていた。夏だから、それぐらいで当然なのに、まるで、冬の表に出た人のような顔つきで、ぽつりぽつりというのだ。

「どうして……こんなにクーラー利かしているんだろう……」

さきは、普通に、

「そう？」

と、答えてから、体の芯が震えるような気がした。寒いからではない。寒くないからだ。待合室の温度は、昨日、来た時と変わっていなかった。このところ、ほとんどものが食べられない牧子は、小さな声で、口から少しずつ言葉をこぼすようにいった。

「病院て……体の……悪い人が来るのにね……こんなに冷やしたら……よくないんじゃないかしら……」

さきは、《疲れるから、あんまりしゃべらない方がいいよ》というしかなかった。

昨日とは別の先生が診てくれ、首をかしげ、すぐに血液検査をすることになった。結果の紙を見て、先生はいった。

「今から、このまま入院していただきます」

そう決まると、牧子はかえって少し、元気になった。先生は、《診察室の前の椅子に座っているように》といった。車椅子が用意されるのだ。牧子は、隣のさきの耳に、

「……歩けるのに……」

と、照れたようにいった。

帰るようなら、タクシーを頼むつもりだった。しかし牧子は、入院も予期していた。昨日の夜、千波に頼んでパジャマや身の回りのものを、まとめてあった。

さきがそれを運んだ。紙袋から、下着やタオルを出してしまう。一段落ついたところで、ベッドの牧子に顔を近づけると、こういわれた。

「今日からしばらく……トムおばさんのとこに泊まりなさい。話してあるから……」

「わたしなら大丈夫、留守番ぐらい出来るよ」

牧子は、白い枕に乗せた首を横に動かすのも疲れるらしく、ただそっと眉を寄せ、

「小学生の女の子……一人で置いとけないわ。……おばあちゃんに来てもらう手もあるんだけど……年が年だからね……かえって心配が重なっちゃう。それだったら来い……ということになるでしょ。でもねえ……向こうにお世話になると、二学期から困るよねえ」

もうすぐ秋の新学期が始まる。牧子の実家まで行ってしまったら、こちらの学校に通えない。転出転入の手続きもわずらわしいだろう。何より——、

「六年生だからね……今、中途半端に……移りたくないだろうし……移らせたくない……」

牧子はそこで、長い付き合いの友に助けを求めた。千波は、二つ返事で快諾した。《大丈夫。朝食は一緒に食べられるし、夜も出来るだけ早く帰って来る》と、張り切っていたらしい。

さきにしても、トムおばさんなら小さい頃から、一緒に散歩に出掛けた間柄だ。というより、正確には連れて行ってもらったのだ。二人だけで行ったこともある。牧子

だと、おんぶしかしてくれない。だがトムおばさんは、田圃の中の道に入ると、平気で肩車してくれた。目の位置が、とんでもなく高くなった。今だったら、怖くて楽しめないだろう。だが、子供のさきに《落ちたら……》という思いはなかった。ただもう、面白かった。田圃の稲穂の広がりが、遠く果てしなく見えた。日が落ちて来ると、蝙蝠の飛び始める夕闇が、いつもより近く思えた。鉄塔と電線が、サインペンで描いたように見えた。

　足首をつかんでいた千波の手の感触はもう覚えていない。ただ、自分がつかんだトムおばさんの頭の手触りが、不思議に指の先に残っている。視線を落とすと、そこにおばさんの頭があった。

　人の頭を、上からまじまじと見続ける経験など、それ以後ない。

「トムおばさん、つむじが二つあるんだ」

　さきがいうと、見つめる頭の下の方から、声が聞こえた。

「そうだよ。珍しいんだぞ」

　うちに帰って話すと、幼なじみの牧子はとうにご存じだった。

「だから、あの頭、短い方がまとめにくいんだ。――でもトムさん、昔っから、伸ばすのが嫌いだったんだよ」

　やがて、さきも小学校に入り、テレビ画面に千波が出て来ると、《視聴者は大勢いるだろうけど、おばさんのつむじまで見たのは、わたしぐらいだな》と、おかしな満

足感を覚えるようになった。身近なところに、テレビに出る人がいるのは面白いものだ。

勿論、千波の家にもよく行った。千波の母がまだ健在の頃には、お茶やお菓子を出してくれた。さきは生意気にも、《全国放送のアナウンサーが住むにしては、ちょっと古めかしくて、小さい家だな》などとも思った。

近くのその家から通えば、同じ学校で、今までのクラス仲間といられるだけではない。五分も早く出れば、通学班さえ替えないですむ。

「……分かった」

と、さきは頷いた。牧子がそうさせたいなら――と思った。点滴の管を腕に繋げた母親には、逆らえない。

結局、牧子が退院するには、その日から二十日以上かかった。さきは、その間、千波の家の娘になったわけだ。

よく覚えているのは、最初の日のことだ。

仕事から帰って来た千波が、夜の街を、取り敢えずの荷物とさきの布団だけ運んでくれた。近いのだから、何もかも持って来る必要はない。千波は、むしろ、この《お泊まり》が楽しい行事のように、明るい声を出した。いつも以上に元気なトムおばさんだった。

風呂場の横にある造り付けの木の洗面台の前に、パジャマ姿で並び、歯を磨いた。

頭の上の電灯は、昔めいていて、黄色っぽく薄暗い。

千波は先に口を漱ぎ終えると、置いてあったケースからティッシュをさっと抜き、唇を拭いた。そして、いった。

「さきちゃんにさ、考えてもらいたいことがあるんだ」

「何？」

千波は、ティッシュを側のごみ箱に捨てながら、あっさりいった。

「猫の名前」

五

さきは、コップを持ったまま、首をかしげた。千波は続ける。

「うちの中が寂しいから、今度、猫を飼うことにしたんだ」

千波は、ひと月ばかり前、母親を亡くしていた。さきも、よく知っていた。だが、事情はどうであれ、子供のさきの頭の中には、《猫を飼う》という言葉だけが、ぱっと花火のように広がった。

「――さきちゃん、猫博士でしょう。色々と、教えてね」

「うんっ！」

それからさきは、口を漱ぐのももどかしいようにしゃべり始めた。

猫が飼いたいと思ったのは、小学三年の頃だ。自分の側に、いつもいてくれる猫を想像すると、まだ現実のものとならないその存在に、迸るように心が向かった。ところが、さきの住むマンションではペットが禁止されていた。どうにもならないことはある。

それから、さきは胸のうちに空想の猫を飼いつつ、様々な本を読んだり、猫の絵や写真を集めた。千波が《猫博士》といったのも、そういうさきを知っていたからだ。

さきは、気前のいい主人が招待客に次々と料理を出すように、言葉を並べた。沈んでいた気持ちが、一気に浮き上がるようだった。千波は、丁寧にいちいち頷き、最後に、

「知り合いの詳しい人に聞いたら、信頼出来るブリーダーさんのリストっていうのを見せてくれたの。この近くにもいるんだよ、そういう人が——。今度の日曜に行ってみようと思っていたんだ。さきちゃんも付き合ってね」

そこで現実に引き戻されたさきは、口ごもりながら、

「でも……お母さんが……」

「病院は完全看護なの。特別なことがないと、家族でも三時までは入れない。だから、朝のうちに行って来よう。——ね、いいね」

夢のようだった。さきは嬉しさに早口になりながら、色々の点をあげ、《初めて飼うなら、アメリカン・ショートヘアがいいのではないか》と、熱っぽく推薦した。略

してアメショー。シルバータビーという銀色のが一般的、これがお薦めと語った。

「分かったわ。じゃあ、今日のところはそれぐらいにして、――とにかく寝ましょうか」

千波はそういい、さきの布団を敷いた部屋まで先に立ち、途中でふと振り返った。

「――そうそう、名前は何がいいかな？」

さきは、空想の中でいつも頭を撫でていた猫の名をあげた。

「――ギンジロー」

「ほう。――そりゃまた、どうして？」

「シルバーだから銀」

そこまでは単純明快だ。千波は、寝室になる部屋の障子を引きながら、

「でも、二匹目じゃないのにギンジロー？　ギンタロージャなくていいの？」

さきの方は、一匹目といわない。

「一人目でも、《ギン》の後は《ジロー》の方がいい。ギンタローより、格好よくて、足が速そうだよ」

「ふうん。とにかく、いずれにしても牡猫なんだね」

「うん、男の子がいいな」

そういって、さきは、男前の銀の猫が、颯爽と走る姿を思い描きつつ、眠りに就いた。だが、ものごとは、考えた通りに進まない。

日曜日の午前中、さきは千波の車に乗って、ブリーダーさんのいるマンションに向かった。生き物を飼ってもいいマンションもあるのだ。いや、飼っていいどころではない。ドアをあけると、中はさきにとって天国だった。

上がり口のところに柵がしてある。いったん入り、ドアを閉じてから室内に進む。柵の向こうは、猫の国。箪笥の上にもテーブルの上にも、胸を張って闊歩する猫たちの姿があった。壁に背を押し付けるようにして寝ているのもいたし、眠りから覚めて体を伸ばし、大あくびしているのもいた。

「シルバータビーは、人気があるんですよ」

と、ブリーダーさんがいった。まだ本当に小さい、掌に乗るようなその子猫が三匹、寄り添って愛らしく鳴いていた。

だが、その横にいた、日本猫に似た茶と黒の、もう少し大きい子が、ふっと顔を上げ、さきを見た。ブラウンタビー――つまり茶縞の子。これが《銀》ではないけれど《ギンジロー》だった。

《やれやれ、待ってたんだよ》と、顔に比べて大きい、子猫特有の目でいわれた。さきはもう、視線をはずせなくなってしまった。

「そちらの子なら、――大きくなってますから、トイレの仕付けもすんでいます」

つまり、シルバーの子より行き先の決まるのが遅れているのだろう。思わず手を出すと、ギンジローは、飴細工のような舌でぺろりと、さきの指をなめた。

六

牧子の病名は、その頃にははっきりしていた。急性肝炎だった。抗生物質の投与が功を奏し、少しずつ快方に向かった。

牧子の兄夫婦や実家のおばあちゃんも、勿論、見舞いに来た。美々も、何度か顔を出し、聴きたいCDの注文を取り、届けてくれたりした。

ものが食べられるようになると、牧子の足取りもしっかりして来た。入院した頃は、すり足で時間をかけてやっと進んでいた。それが違って来た。牧子はいったものだ。

「歩く時、足をすらないでいるのよ。ちょっとでも上げて進んでる。それが嬉しいんだよね。普段なら、当たり前のことなのに」

退院して一週間ほど経ち、牧子はようやく以前の状態に戻った。そういう大変な夏だった。娘のさきが忘れる筈がない。

——紅茶のカップを置くと、牧子は、あの夏のことを話し出した。

「トムさんね、わたしが入院した日の夜に、やって来た。うちに電話してもいなかったから、こっちに直行したって。七時ぐらいだったかなあ。さきが御飯食べに、帰ったところだった。——荷物は大体、運んでもらってあったから、後は事務的なことを話した。《入院の保証人になってもらいたい》とかね」

「保証人なんて、いるんだ——」

「大人が生活していくって、面倒なのよ。入院するにしたって、細かいことが色々あるの。勿論、さきはよくやってくれたよ。だけど、小学生には頼めないこともある。大きいお金の扱いとかね」

「それ全部、トムおばさんがやったんだ」

「うん。……でも、トムさんに旦那がいたら、頼まなかったろうな」

「どうして？」

「それはねえ、頼まないっていうより、頼めないんだよね。例えば、美々ちゃんには無理。ご近所かどうかだけじゃないんだ。この人にはここまでいえる、この人のいうことはここまで聞けるっていう線があるじゃない。その辺は、暗黙の了解……かな。二人とも独身だってことが、そういう時に大きいのね。だから、本来、兄さんに頼むようなことまで、トムさんにおんぶしちゃったわけ」

牧子はしばらく、静けさを深くする虫の声に耳を傾けるように、間を置いた。そして、続けた。

「——自分なら喜んでやる、という気持ちがあるから、頼めたの。トムさんが困ってたら、助けてあげたい。でも、入院が決まって、ベッドで一人になると、そんな自分が、つくづく身勝手に思えちゃってね」

「落ち込んだんだ」

「心身ともにね。――そこにトムさんが、顔を出して、問答無用、こっちはほとんど頷くだけぐらいの勢いで、あれもこれも片付けてくれた。――もっとも、苦しかったから、少ししゃべると、後は頷くのが精いっぱいだったんだけどね。――で、ギンジローの件だけど――トムさんは、さきを迎えに、うちに行ってくれた。その去り際に、すっと顔を近づけて、いった。《猫飼うことにした》って。――説明はなし。ただそれだけ」

牧子は、手を軽く合わせると、指先を見つめながら、続けた。

「――朦朧(もうろう)としながらも考えた。考える時間だけは、たっぷりあったからね。――《猫は、飼うほど好きじゃなかったよなあ》って」

そうなればいいと切望することは、迷いなく受け入れるものだ。今となれば不思議だが、小学生のさきは、飼いたいトムおばさんに、有効適切な助言をしているのだと信じていた。

「わたしのためだったのね――やっぱり」

牧子は、さきを見て、小さく頷き、

「感じちゃったのね、トムさん。あの時のさきに必要なのが何か。だけど、猫には命がある。品物じゃない。可愛(かわい)い時だけ抱き締めればいいわけじゃない。――それでね、あの人は、決してそういうところに、いい加減な人じゃないの」

「うん」

「大事なところはそこだと思う。——つまり、トムさんはその時、飼う猫を《好きになる》と決めたのよ。嘘いつわりなく、好きにね。そうでなかったら、飼うなんて決められない。——現に今のトムさんたら、ギンジローが何でもない格好で寝てるのを、《ほら、見て見てっ》なんて、親馬鹿ぶりだもの」

さきには、納得出来ない理屈だった。

「それって変じゃない？　だって、食べる前に、《この料理はおいしい》って決めちゃうようなものだよ」

「そこが、あの人なのよ。——その決断って、心に係わることで、——決して小さなものじゃなかったと思う。だから、わたしは、十二分に重く受け止めたわ。その重さと、あの人はそういう風に生きるってことが——人間は生き方を変えられないってことが、何だか——胸に来てね、ほろりとしちゃったわ。気が弱くなってたせいかも知れないけれど」

秋の夜に、母はそう語った。たびたび、名前の出たギンジローは、千波の家で大あくびをしていたかも知れない。

七

まず幸先よく、最初に受けた女子大からの合格通知が届いた。台所で牧子が、即興のお祝いダンスを踊ってくれた。本命は、最後に受ける大学だった。その前に、気分的に楽になれた。

本命校の国語では、漢文も出る。今は、漢文の出題されないところもある。物書きの牧子は、《ぜひ出してほしい》と主張する。《そうでないと勉強しなくなっちゃうからね。若いうちに、書き下し文のリズムに触れておいてもらいたいなあ》という。受験生のさきにすれば、負担は少ない方がいい。しかし、母のいうことにも一理ある——とは思う。

漢文は、変化球の出題ではなかった。堂々と『論語』の言葉が並んでいた。《子、川の上に在りて曰く、逝く者は斯の如きか。晝夜を舍かず》。昼も夜も休みなく、川は流れ続ける。

さて、結果は不安だが、とにかく、終わってほっとするさきだった。翌日が、楽しみにしていた青山のライブである。

市民会館のコンサートなどには行ったことがあるが、東京のライブハウスに行くのは初めてだ。地図の拡大コピーを手に、牧子と一緒に人通りの多い街を歩いて行く。牧子の方は、前売りの時、一度来ている。《あ、こっちだ》と、細い道に折れるところまで来て、やっと記憶を取り戻す。

歩道から一段下がった半地下に入口があり、その焦げ茶色のドアはまだ閉まっていた。開場まで、まだ四十分、開演はさらに一時間後だ。しかし、すでに並んでいる十人ほどの背中が見えた。

最後の一人は、白いゆったりとしたマフラーを口のすぐ下ぐらいまで巻き、赤いコートを着て、下り階段の降り口に立っていた。ニット帽を被った頭を俯けているのは、手にした文庫本を一心不乱に読んでいるせいだ。

「玲ちゃんじゃない？」

と、牧子がいう。しばらくぶりに会うのだが、そういわれると、そんな気がする。牧子が、後ろに並ぶのに横手から回り、ニット帽の下の顔を確認し、《やっぱり、そうだ》と声をかけた。

「あ、こんにちは」

――そういって、日高玲は、本を肩から下げたバッグにしまった。

牧子もさきも、冬らしく暗い色合いの服を着て来た。だが、玲のコートの赤い胸には、結んだリボン形の蝶とも見える金色のブローチが、きらきらパールめいた輝きを見せていた。ブーツとの間に覗いている、ふわふわのスカートこそ黒だが、そこには、白い小さな花が点々と散っていた。

「悪いわね、本、読んでたとこでしょ」

玲は、唇にかかりそうだったマフラーを、指でちょっと下げた。

「でも、――もう暗くなりますから」

本当だった。薄闇をひと刷毛ひと刷毛塗り重ねるように、辺りは自然の光を失っていく。代わりに近くの街路灯が、冷え冷えと輝き出した。

「さきとは、二年ぶりかしら」

牧子の方は、美々の家に行った時、ちらりと顔を見たりしている。だが、さきは違う。玲の合格祝いを牧子と千波が送り、返礼に美々が、近所のおいしいお店で一席設けた。そこで話を交わして以来だった。

小さい時は何年も続けて、一緒に夏の旅行に行き、高原や海辺を歩いた。車でちょっと足を延ばすだけの、県内や近県の博物館、水族館にも行った。そういう時、玲は手を引いてくれたり、展示物の説明をしてくれたりした。一人っ子同士の玲とさきは、互いに、姉妹の役を演じていた。

さきは、自分の、薄紫のダッフルコートとジーンズ、スニーカーの姿と見比べ、玲にいう。

「素敵」

さきのコートは、中学生の時から着ているものだ。そういう自分が野暮ったく思える。

「ありがとう。——この格好、田舎だと派手だけど、電車に乗って、こっちに来るうちに、段々、変な人じゃなくなるんだよね」

確かにそうだ。個性的とは思えても、品が悪くはない。玲は、花模様のスカートの裾(すそ)をちょっとつまみ、

「これ、幾らだと思う？」

わざわざ聞くのだから、高いか安いか、どちらかだろう。

「えーと、四千円――五千円？」

玲は、母親ゆずりの大きな目を嬉しそうにぱちぱちさせ、

「残念。――五百円！」

意外だった。

「本当？」

「古着屋さんで買って来て、色々合わせてみるの。面白いよ」

そして、胸のブローチを指さし、

「――こういうチープなのもね、付けたい気分の時は堂々と付けちゃう。そうすると、案外、浮かないんだ」

牧子が、感心した声で、主婦らしく、

「お金、かけないのね」

「――ていうか、かけられないんです。写真やってるんで」

玲の父親の類も、その父親も写真家だった。親の仕事に全く興味を示さない子もいるが、玲は違うらしい。

話しているうちに、また数人が並び、その後から美々と千波がやって来た。席取りをするつもりはなかった。しかし、幸い、人は仲間同士で集まる。さきたちのまず囲

んだテーブルに、すぐ後ろの人が割り込んで来ることはなかった。結局、五人一緒に座れた。

開演までには、まだ一時間ある。目の前のステージには、もう楽器やスピーカーが並んでいた。始まるまでに、お腹を作っておく。ドリンク一品は付く。別に頼んだカレーやサンドイッチの皿が、狭いテーブルから落ちそうだ。

話題は、どうしても、最も変化の激しい二人——玲とさきのことになる。お決まりの《大きくなったわねえ》が連発される。

玲は大学に行くだけでなく、渋谷の会社でアルバイトをしているそうだ。《映画の字幕をチェックする仕事だ》という。どういうことなのか、よく分からない。とにかく、映像にかかわることだから選んだのだろう。

さきが《まだ携帯を持っていない》というと、玲は《大学生になると、やっぱり必需品になっちゃうね》。そこで牧子が、携帯電話を利用した犯罪やら嫌がらせやらの話をする。新聞から得た知識だ。

「不幸のメールなんてのもあるみたいね。不幸の手紙の携帯バージョン」

「あ、それ知ってます。貰ったことある」

と、玲。

「携帯で？」

「——手紙の方。小学生の時、友達から手渡しされました」

娘と同じく目と口の大きな美々が、

「そんなことあったの。聞いてないよ」

「いけないことだと分かってたら、相談したけどさ、小さかったからね。——小学二、三年ぐらいじゃないかな。クラスの女の子から、すっと、渡されたんだ。開けてみたら、《これは、のろいの手紙です。同じ言葉を書いて四人の人に渡さないと、あなたも、あなたのかぞくも不幸になります》って書いてあったの」

「四人か——数は少ないけど、でも悪質なのに変わりはないね」

「子供だから、びっくりしちゃったわ。ただもう、《不幸になっては、大変っ！》と思った」

「それでどうしたの？」

「手紙くれた子に、《家族、何人だっけ》って聞いたら《四人》。《こりゃあ、ちょうどいい》と思って、同じ言葉書いて、宛て名を《何々様、ごかぞく様》にした。そして、次の日に渡したの」

ジンジャーエールを飲んでいた千波が、噴き出しかけて、むせながら、

「ブーメラン方式だ——それから、どうなった？」

「別に——。でも、しばらく会話がなかったかも知れない。いわれた通りにしただけなんだけど——そのせいかなあ」

開場時間より後に来る人がいて、空いていた席も全部埋まった。壁際に、ずらりと

立ち見の人も並んだ。やがて、さきがCDジャケットの写真で見ていた中国の歌い手さんが、横手のドアを開け、軽やかに現れた。歌声から、さきは小鳥を想像していた。その通り、小柄な人だった。

まず中国語で挨拶し、次いで上手な日本語で《こんばんは、お会い出来て嬉しいです》といい、コンサートが始まった。ギター、ベース、パーカッション、それにピアノが音の背景となった。その前で、小さな体から生まれる、声量も表情も豊かな歌が、自在に躍った。

集中して聴いていたさきは、メンバー紹介になったところで、ほっと一息つけた。さきの体は、テーブルと椅子の位置関係から、舞台に斜めに向かうようになっていた。その時、拍手しながらも、自分に対して正面の壁に、自然と目がいった。そして、《あれっ？》と思った。

柱の陰から半身だけ見せている、立ち見の男の人がいた。照明が明るくなっていたから、顔がよく見える。銀縁の眼鏡をかけていた。細面で鼻筋が通っている。だが、頬から顎がうっすら暗いのは、影ではなく不精髭だろう。髪もぼさぼさだ。《ひと昔前のアイドルが、おちぶれたようだ》と、さきは思った。

不思議なのは、その人の視線だった。メンバー紹介に合わせ、ステージを左右に動くのが自然だろう。しかし、彼はじっとこちらを――より細かくいうなら、千波の横顔を見つめているように思えた。

——そうか、不思議じゃないのか。

と、さきは思い直した。さきにとって千波は、近所のトムおばさんだ。しかし、一般視聴者には、テレビで見かける女性アナウンサーである。《おや？》と注目しても、おかしくなどない。

照明が落ち、再びスポットが歌い手さんを浮かび上がらせた。さきは、途端に今の疑問も忘れてしまった。

八

風はなかったが、二月の街はさすがに寒い。《コンサートの余韻の残っているうちに、ちょっとお茶でも》となった。だが、どこもいっぱいだった。かろうじて、テラス席の空いている店があった。

「いいよいいよ、どこでも」

と、千波が決断する。屋根はあり、さすがに夏とは違って、ガラス壁も巡らされていた。すぐ側を、往来の人が通り抜けるのが見える。密閉された部屋とは違い、壁の上下に隙間（すきま）がある。正確にいうなら、囲いだ。外の空気が、すうすう入って来る。

寒さ対策に、黒い大きなストーブが真ん中に置かれていた。さきには、それが面白く、普通の店に入るよりも楽しかった。

ストーブの隣に、コートを着たまま座り、温かいものを飲んでいると、それほどつらくない。コンサートの評判は上々で、さきは自分のことのように嬉しかった。

音楽の話が一段落したところで、千波がいった。

「さて、——この場をお借りして、一言、お伝えしたいことがあります」

途端に美々が《おうっ》と歓声をあげる。立ち上がりそうな勢いだった。

「いよいよっ？」

「あんた、何か誤解したでしょ。——結婚なんかしないからね」

「なあーんだ」

「何だじゃないよ。勝手に盛り上がって、勝手にしぼまないで」

千波は、テーブルの縁をつかみ、身を乗り出し、

「——その前にいっときますがね、これは人事に係わることです。まだ、よそでしゃべらないでよ」

「社長になるんだ」

もう美々に構わず、千波はいう。

「四月から、わたし、朝のニュースを担当します」

「あ、それ嬉しいな。また会える時間が出来るんじゃない？」

と、牧子。

「まあね」

「でも、この前の時から、随分経つじゃない。同じ番組に、そんな戻り方することあるの？」

「そこが、今度はちょっと違う。向かって右に座るんだ」

牧子は、その画面を思い浮かべ、

「あ、そうか。――主役になるんだ。それって出世なんでしょ？」

千波は、牧子の問いにしばらく沈黙した。皆も、次の言葉を待つしかないような真剣な顔だった。

千波は、ゆっくりと話し出した。

「出世かどうかっていうのは、あんまり頭にないんだ。だけど、これはわたしには、そう、――社長になるより、もっと大きな意味のあることなの。――今まで、うちの局の、大きなニュース番組では、男のアナウンサーが上手（かみて）の席に座って来た。それでね、わたし、二十代の末からしばらく、朝のニュースに出ていたでしょう。そうなる前に、土曜だけの担当をちょっとやらされた。いうなれば、お試し期間だったんでしょうね。――その時に湾岸戦争が起こった。――バグダッドの映像や、地図や参考資料が流されて、上手の大先輩のアナウンサーが何度も画面に出て原稿を読み、解説した。――その間、ただの一度も、わたしにカメラが向くことはなかった」

黒いストーブの中で火がごうっと燃え、脇の路上を若者たちの賑（にぎ）やかな声が行き過ぎる。

「――当時としたら、当たり前のことなんだけどね。そういう形になると、分かっていたんだけどね。――でも、わたし、椅子に座ったまま、体に錐でも突っ込むように思い始めちゃったのよ。何のためにここにいるんだろうって。――スタジオの中には、大勢の人がいた。その中で、自分だけ、離れたどこかに座ってるような気がした。――その後のわたしの分の原稿、小学生の剣玉大会のことをなんか読むのに、おかしいぐらい噛んじゃった。抗議が来るかと思った。でも、局に来たのは問い合わせの電話。――《今朝の石川アナウンサーは、着ていた服がとてもよかった。どこで買えるか教えてくれ》っていう」

さきは思った。自分が、片言をしゃべり出した頃だろう。果てしなく遠い、昔のことに感じられる。トムおばさんも、まだ若いアナウンサーだった。そういう頃もあったのだ。

「その時の気持ちは、ずっと忘れないし、忘れないようにしようと心掛けても来た。いつかはそういう局面で、カメラを向けてもらえるアナウンサーになりたい。なろう。――口はばったいようだけど、どんな番組の担当になっても、そのための勉強は欠かさなかった。考えてみると、それが続けられたのも、あの朝の思いが胸の奥にあったからなのよ。――胸の奥のことなら、見せずにしまっておくもの。今まで誰にも話さなかった。でも、思いがけず、こういうスタートが切れることになった。そこでね、いっちゃう気になったんだなあ。――要するに、ひと言でいうなら、――《やるぜっ！》

てえことさ」

　玲が、花火の開くように顔を輝かせ、拍手した。

　千波の決意表明こそ、華々しいものだった。しかし、その後の会話は、四十女の集まりにふさわしく、《老眼は、まだ大丈夫か？》――などという情けないものになった。近くのものがぼやけ始めたのは、美々だ。

「それにさ、テレビ見てても、時々、固有名詞が出て来ないのよ。《あの人、あの人》とか、いっちゃって。――嫌なものね」

　牧子は、気が付いたら爪の先が妙に欠けていたことを話す。

「伸びて来るまで、ちょっとしたところに引っ掛かるのよ。誰に見せる爪でもないから、ガムテープ小さく切って、貼り付けといたんだけどね」

　美々は肩をすくめて、

「色気ないわねえ」

「ないない。――それよりないのが、カルシュウムかと思ってね。体がもろくなってるのかなあ」

　さきは、その言葉を前にも聞いた。重ねて耳にすると心配になる。牧子をじっと見つめて、

「ねえ、お母さんはさ、会社とか行ってないから、定期検診、受けてないでしょ」

「うん」

「市の検診の葉書も、結局、冷蔵庫に貼ったままだったよ」

「まあねえ」

「どっかで一回、ちゃんと診てもらってよ。人間ドックとかさあ」

牧子は、すぐに《分かった》とはいわない。しかし、以前の入院の件がある。さきを、口先でごまかすわけにもいかない。そこで、千波に、

「トムさんは、職場で検診があるんでしょ」

「うん。簡単な奴だけどね。レントゲン撮って、検尿するぐらい」

「そりゃあ、いくら何でも簡単過ぎるわ。もうちょっと、やってるんでしょ？」

「まあ、そんなもんだよ」

「うーん。――長期の番組持つんだよね。だったらさあ、スタート前に、もっと本格的な検診をね、受けとくのが義務じゃない、ねえ？」

千波は、せせら笑い、

「ふん。宇宙飛行士じゃあるまいし」

さきにも、牧子の作戦は読めて来た。案の定、母の口からは、家の近くの病院の名があがった。

「ねえ。あそこで、一日か半日かの人間ドック、やってると思うんだ。この機会に行ってみない？」

「おいおい。人を巻き込むなよ」

さきは、真剣に懇願した。

「トムおばさん、一緒に行ってやって。ね、おばさんのためにもなるんだから」

九

本命の大学の合否は、インターネットで分かる。まず、さきが見て喜びの声をあげた。遠慮して、少し離れ、しかし様子の分かるところにいた牧子が、踊りながらやって来て画面を覗き込んだ。

次の土曜日、牧子は千波と連れだって病院に出掛けた。

「何だか、今度はわたしが試験を受けるようだな」

「合格だよ、合格するよ」

そういって、さきは牧子を送り出した。結果は一週間後に分かる。こちらの合否発表日には、さきも付いて行った。《終わった後、一緒においしいお昼を食べよう》と話し合っていた。先の予定を決めてしまえば、悪いことが起こらないような気がした。

窓口の指示に従い、担当の先生の待つ部屋に向かった。廊下の黒いソファーに座る。しばらくして部屋から、女の看護師さんが顔を出した。色白の、ふくよかな感じの人だった。

まず、《水沢さん》と呼ばれた。牧子は立ち上がると、ちょっとさきを拝んだ。

「運を分けてもらえますように」

牧子の姿が室内に消えると、千波が、

「《石川》の方が先じゃないかな」

「受付番号順でしょう」

「まあ、そうだろうね」

千波も、やはり落ち着かないようだ。二人とも、いつもより口数が少なかった。

やがてドアが開き、牧子が顔を見せる。説明資料の入っているらしい紙袋を持っている。背中の方から、さっきの看護師さんが、

「——石川さん、お願いします」

牧子は、こちらに歩いて来ながら、指でＯＫサインをして見せた。千波が頷きながら、すれ違う。

ほっとしたさきが、《どうぞどうぞ》とソファーの隣を空ける。

「よかったね」

「一番の問題は、運動不足だって。食事のアドバイスを貰ったよ」

こちらの不安が解消すると、今度は千波の結果が気になった。そろって、ドアを見つめる。

「トムさんはさ、今まで、病気らしい病気、してない人だからね。——これといって悪いとこないようだし、大丈夫だよ。うん、大丈夫」

と、牧子が繰り返した。しばらくして、淡いグリーン色のドアが開き、千波が顔を出した。こちらを向き、わざとムンクの叫びのような表情を見せ、すぐにVサインを見せ、にっこりと笑った。牧子が手を打って、

「やった。これでおいしいランチだ!」

ソファーに置いてあったコートを手渡すと、千波は受け取りながら、

「こういうところに来ると、ギンジローのこと、考えちゃうよ」

さきが、《どうして》という顔をする。千波は続けて、

「おちびちゃんだったのが、あっという間に可憐なる少年。それからスマートな青年になった、と思う間もなく、――今や腹の出た、立派な親父さ。猫の時間て、早いよねえ」

千波は、ギンジローの老後を考えていたのだ。そして、あるいは彼を看取らねばならぬ日のことを。さきは、ふっと襲って来た寂しさを、若者らしく《まだまだ遠い将来のこと》と打ち消した。

三人で歩き始める。途中でさきは、早足で追って来る靴音に気づいた。振り返ると、白衣が見えた。さっきの、ふくよかな看護師さんだ。

「ねえ、何か忘れ物した?」

牧子も千波も足を止める。そして、振り向く。もう少し行くと形成外科の待合室に出る。右に折れるとレントゲン室がある。だが、その辺りだけは忘れられたように人

通りが少ない。

看護師さんは、近付いて来ると低い声で、

「石川さん……」

といった。さきには、それが、こういう場所を選んでかけられた声に思えた。

「はい？」

呼びかけてしまっても、なお、ためらいの残る顔つきで、白衣の人は、

「大変、差し出がましいんですけれど、ちょっとよろしいでしょうか」

千波は何かいいかけ、牧子を見た。牧子は、わけが分からぬながらも、

「……じゃあ、ロビーで待ってるから」

会話が出来るように二人を残して、廊下を進んだ。角を曲がったところで、さきはいってみた。

「——体のことじゃないよね」

「その筈だよね。先生は、《問題ない》っていったんだから」

さきは、声を励ましていった。

「サインが欲しいのかな」

牧子は、前を向いたまま答えた。

「ああ……、そうかも知れないね」

人間ドックの会計は、最初に済んでいる。後は帰るだけだ。

十分ほどして、千波はロビーにやって来た。嬉しくも哀しくもないような、表情の消えた顔をしていた。何か月も前から、考え事を続けている人のようだった。

牧子が《何かあったの》と聞くと、千波は、小さく《別に》と答えた。それから、唇の端を上げて微笑み、

「ああ、……お昼だ。お昼だ」

と、いって先に立った。自動ドアが開く。入口の脇の花壇に、白い蝶がもつれ合いながら飛んでいた。その動きが、くっきりと見えた。光は、三月の土曜の、久しぶりに晴れ渡った空から、惜しげもなく降り注いで来る。

駐車場の方に歩く千波の長い足が、途中で止まった。そして、くるりと振り返り、

「ああ、……ごめん。ちょっと気になることがあるから、わたし……」

牧子が、それを受けて、

「分かった。じゃあ、今日はこれでね――」

千波は頷いて、自分の車に向かった。牧子の軽自動車は離れた位置に停めてある。さきと二人は、そちらに歩く。

運転席に座ると、牧子は、

「すぐに出るよ」

「え?」

「トムさん、車に入ったのに、まだ動かしてないでしょう。――一人になりたいんだ

よ」

　千波のチョークブルーの車は、持ち主を呑み込んだまま、春を告げる陽を受けていた。

「どうしたんだろう」

「分からない。《後で電話して》って、口から出かかったんだけど……」

　軽自動車は、並んだ車の間を抜け、出口に向かった。

「どこにする？」

　食事の場所を決めていなかった。結果に問題がなければ、ちょっぴり贅沢をしようかと話し合っていた。しかし、そんな気分でもなくなってしまった。

　結局、千波とよく行くファミレスに入った。車から降りながら、さきは、《ここなら、後から、トムおばさんがやって来るかも知れない。いつものように、すっすっと足を動かして》――と思った。

　昼時なので、大分、混んでいた。立って待っている人もいた。

「さき、書いといて」

と、牧子がいう。到着順に記名し、呼ばれるのを待つことになる。こういうところでは、片仮名で名字を書く人が多い。置かれた鉛筆で《ミズサワ　2》と記した。最後の数字は人数だ。ひとつ前の欄には《スズキ　1》と書かれていた。

　待つ間に、学生寮への引っ越しの話などした。絶対に通学不可能という距離ではなかった。しかし、遠い。ことに一、二年生の間は、東京都を抜け、北の県から南の県まで通うわけだ。朝の暗いうちに家を出なければならない。毎日のこととなると、かなりの負担になる。この機会に、独り暮らしもしてみたかった。

さきの申し出を、牧子は、案外、すんなりと認めてくれた。《今度、実際に行って様子を見て来よう》という話になった。

幾つかのグループが一度に食事を終えたので、待ち人数がぐっと減った。さきたちも椅子に座れた。一人で立っていた男の人が、斜め向かいに腰を下ろす。あの人が《スズキさん》なのだろう。

その時、さきは、ふと、思った。

――どこかで見た……。

その人の銀縁眼鏡は、洒落(しゃれ)て見えなかった。こんないい方も変だけれど、投げやりに、仕方なしにかけているようだった。身なりに構う様子がないからだ。くすんだ背広は、まるで床にほうり出してあったのを拾って、そのまま引っかけて来たように、皺(しわ)が寄っていた。

さきは、この街で、何らかの接触をする男の人を数え上げてみた。お鮨の出前の人、コンビニの店員さん、駅員さん。だが、記憶のどこかにある銀縁眼鏡は、誰の顔にも重ならなかった。

そのうちに、

「お待たせいたしました。スズキ様——」

と、名が呼ばれ、確かにその人が立って行った。間を置かずに、《ミズサワ様》も呼ばれた。さきと牧子は、妙に落ち着かない昼食をとった。千波が姿を見せることはなかった。

電話が鳴らぬまま、翌朝になった。この日に、美々の連れ合い、日高類センセイの写真展が始まる。銀座のギャラリーで八日間にわたって開催される。日曜から日曜までだ。

「個展のことは、トムさんも知ってるわけだ。会場で会えるかも知れないよ」

前から顔を出すつもりだったが、写真展そのものとは、別の期待が生まれた。

銀座四丁目のデパートで、クッキーの詰め合わせを買った。花より団子だ。紙袋は、さきが持つ。会場には、すでに観客が来ていた。

挨拶をしようという人もいる。列に並ぶと、順番が来た。

「おめでとうございます」

さきは、いつも通りにこにこ顔の類に、クッキーの袋を手渡した。

第三章　道路標識

一

類（るい）は、紙袋を受け取る。印刷されたロゴマークでクッキーだと分かる。

「ありがとう。――さきちゃんも、《御入学、おめでとう》だね」

春を迎えるのにふさわしいやり取りが交わされた。人の波は周期的に来る。さきたちが挨拶（あいさつ）の列の最後だった。しばらくは、話していても大丈夫だ。

――《この間の、ライブ、行けなくて残念でしたよ》などと、牧子に語りかけた。

その牧子のスーツの、抹茶（まっちゃ）に白さを加えたような色の肩が、後ろから、とんとんと叩（たた）かれる。

「あ。――びっくりした」

美々だった。

「お忙しいのに、いつもすみません」

と、まずは、類のマネージャー役らしく、しおらしい。牧子が聞く。

「お昼？」

《食べに行っていたの？》が、省略されている。

「うん。交代でね。――ランチの海老天、食べて来た。まあまあだった」

受付に女の子が座っていて、記名などしてもらっている。しかし、幕開けの日だ。知り合いが来た時、夫婦のどちらかは会場にいたい。まず、類が、次に美々が食事に出たのだ。

「――昔はさあ、こういう時、違ったよねえ」

と、美々は続ける。

「何が」

「どこに行こう――とか迷ったらさ、取り敢えず、デパートの大食堂だったじゃない。それから、見本見て、選べばよかった。中華から洋食から、一通り揃ってたよねえ。――今は、どこ行っても名店街じゃない」

「そういえばそうね」

と、牧子も、大食堂でお子様ランチを食べた頃を、回想する表情になった。ああいう食堂が、今は外に出てファミレスになったのだろう。

「広くてさ、見渡す限りテーブル。ずっと待ってるのに、後から来た筈の、隣の客の方に、先にお皿が来たりして――」

という美々は、昔のことなのに、真に迫って悔しそうな顔をする。

「そうそう。混んでたわよねえ。あ、そういえばといっちゃあ何だけど、こちらも盛況ね」

「まあ、初日だからね。――大丈夫、明日は減るから」

と、請け合う。類が、紙袋を示しながら、

「おいおい、何が《大丈夫》だよ。そのいい方は変だろう」

「あら。――勢いでいっちゃった」

などと、別の話をしているうちにも、《これ、いただいたよ、クッキー》《あら、そう》という無言のやり取りが、自然に交わされている。そこは、長く暮らしを共にしている夫婦だ。

「ごめんね。来てもらえるだけで感謝なのに、気まで遣（つか）わせちゃって」

「いえいえ」

「久しぶりにスーツ？」

「銀座だからね」

という答えは、おばさんめいている。

「うーん。菜の花色なら、企画にぴったりだったんだけどなあ」

「は？」

「今回のテーマ、《イエロー》なんだって」

黄色の扱いが難しいな、と思う撮影があった。そこから、しばらく意識して、黄色の絡んだ写真を撮ってみた。向かいあうと、さらに難しくなる。だから面白い。卵の黄身のような色のビニール袋を下げた女の子から始まり、会場を歩く足取りにつれ、ポイントになるイエローが徐々に変化していく。

牧子が、壁の作品に目をやりながら、

「難しいことは分からないけど、類さんの写真、見てると、落ち着くよね。何というか、――空間が居心地よくなる。いい人の写真ていう気がする」

類は、ふっと微笑み、

「よかった。人のいい写真じゃなくて」

《名前、書いといてよ》と美々にいわれ、牧子たちは芳名録に向かってペンをとった。

美々は、そこで軽く手を打ち、

「思い出した。さっき、あなたが帰って来た時、いうことがあったの」

「何だい」

「お腹、空いてたから、忘れて飛び出しちゃった。――食べたところで、思い出したわ」

「だから、何だよ」

美々は、にやりと笑ってじらす。

「お客様が来たのよ。あなたが、お昼に行ってた間に。それがね――憂い顔の美女だったのよ」

　背中を見せていた牧子たちが、その声に振り返った。何か、思い当たったような顔をしている。

　美々が続けた。

「どうしても、あなたに話したいことがあるんだって。《今、お昼、食べに出てる》っていったら、《時間つぶして、また来る》って。あ──」

　と、美々は入口の方を手で示す。

「噂をすれば──よ。ほら、来た来た」

　そちらを見て類は、拍子抜けした声をあげる。

「何だ」

　牧子たちは、一層、はっきり、

「玲ちゃん──」

　と、肩の力を抜いた。随分と身構えていたような様子に、美々が、

「あら、誰が来ると思ったの？」

「うん。《トムさんかな》って……」

「まだ見てないよ。今日、来るっていってたの？」

「そういうわけでも、ないんだけど──」

　玲は、知らぬが仏で入って来る。水色のセーターを着て、肩にトートバッグをかけ

ている。黒のスパッツの上に、チュチュめいたシルクの黒のスカート——最近、ダンスやバレエに興味を持ち出したせいだ。これは、古着屋で仕入れたものではない。

牧子たちに挨拶し始めた玲だが、類の目から見ると、そぶりにどことなく元気がない。母親の美々が、冗談めかしながらも、我が子のことを《憂い顔》といった。美々にもやはり、そう見えたのだ。どんなわけが、あるのか。

「どうしたい？」

「ちょっと……」

玲のこととなれば、わずかの間でもほってはおけない。

「じゃあ、お茶でも飲んで来ようか」

美々が、

「もう、おやつ？」

といいながらも、《いってらっしゃい》という顔をする。

連れだって歩き、お茶ならぬチョコレートを飲ませる店に入った。元気が出るかと思ったのだ。遭難者がチョコレート一枚で何日か生き延びた——などという話も聞く。《憂い顔》の人間にも、効くに違いない。

いつも混んでいる店だが、ちょうど、カウンター席の壁寄りが空いていた。隅が落ち着くだろう。玲を板の壁際（かべぎわ）に座らせ、かばうように隣の椅子（いす）に腰を下ろした。

ホットチョコレートを頼む。類は、ビターだ。

カウンターの向こうで、白いエプロンをつけた女の人が、銀色の手鍋を温め出す。

「学校は？」

「日曜だもの」

「ああ、そうだったな」

二人きりになったせいだろう。玲は、前よりはっきり、浮かない顔になった。

類は、すぐに話を続けず、カウンターの向こうに声をかけた。

「――素朴な疑問ですけど、ココアと、飲むチョコレートって、どう違うんです」

昔から、疑問が頭に浮かぶと、すぐ聞きたくなる方だった。確か、チョコレートもココアも、原料は同じ豆だった。

白いエプロンの人は、泡立て器を小さくしたようなマドラーを手にしながら、

「はい。チョコレートはカカオ豆から出来ます。ココアは、そこからカカオバターを抜いたものです。当店では、薄めたミルクでチョコレートを溶いております」

よどみなく答えた。

「ああ、チョコレートの方が、脂肪が多いんだ。――だから、ミルクそのままだと、濃くなり過ぎるんですね」

「いいえ。いけないい――というわけではないんです。その辺は、お店次第ですね。薄めないで使うところもありますから」

女の人は、手鍋にチョコレートの粉を入れ、マドラーで掻き混ぜ始める。カチャカ

チャという賑(にぎ)やかな音がする。

類は、玲の方に向き直り、

「……すぐ答えられるところが、プロだね。それぞれのお店に、それぞれの味があるわけだ」

と、耳打ちした。玲が、こくんと頷(うなず)く。

「さあ。……それで、どうかしたのかな」

「うん。——道路標識の写真、今日、友達に見せたんだ」

玲は、カメラを片手にあちらこちらに出掛けて行く。通学やバイトの途中、東京の街角も撮る。家から自転車に乗って、お気に入りのショットを探しに出たりもする。当然のことながら、シャッターを押す回数は大変なものだ。昔だったら、経済的問題に直面する。

今の玲には、デジカメがある。フィルムを丸ごと現像した時代とは違う。失敗したカットは、スイッチの一押しで消去出来る。経済的にはずっと楽である。気に入った作品だけプリントしてファイルする。

類も、ちらりと見せられたりはする。しかし、正面から批評を求められたことはない。時々、十枚ぐらい並べられて、さりげなく《この中では、どれがいい?》と聞かれるぐらいだ。《いいか、悪いか?》という問いではない。その辺が微妙だ。

写真の道に興味を示している若者が、どれほど多いか。真剣にそう思っている者なら、《ちょっと面白い写真》ぐらい撮れる。当たり前だ。次の一歩こそ、大河を跨ぐ一歩なのだ。

《道路標識》というのは、この数か月、玲がまとめて撮っている対象だ。

「ねえ、標識って、曲がってることが多いね」

と、しばらく前に玲がいった。ただの世間話と思い、《ああ……そうかな》と、適当に答えていた。やがて何枚かの写真を見せられた。赤い逆三角は《止まれ》だ。それぞれ、右側が曲がっている。丈の高いトラックなどが擦り寄り、接触したのだろう。組み合わせられた背景も様々で、カメラを向ける角度により、空になったり風景になったりする。

野外に立つものだ。原則として色落ちしない塗料が使われている筈だ。だが、中の一枚は違った。速度制限の標識の、円周の色彩が、薬で落としたように脱色している。そこが剝がれて下地が出ているわけではない。なぜか、くすんだ灰色に近くなっている。その標識の端が、巨人の指が曲げたように、くにゃりと曲がっている。非現実的だ。常識が裏切られるところから、訴えるものが生まれる。そこにある筈の見慣れた赤がない。代わりに、背景の夕焼けが唐紅といった鮮やかさである。

「これ、色の操作をしたの？」

デジカメだと、色々な遊びが出来る。類は、そちらの方には、あまり詳しくない。

玲は首を振り、

「ありのまま。元から、そうなっていたの」

それぞれ、向かう角度の取り方、背景の選択にセンスがあった。褒めたわけではないが、表情から好感触だと思ったのだろう。玲は嬉しそうだった。

そのシリーズが、どうかしたのだろうか。

「——それで？」

と、うながすと、玲は脇に下ろしていたバッグに手を伸ばす。椅子が高いから、腰を曲げ、ちょっと窮屈そうな動きになる。雑誌やノートなどの間に紛れたのか、目当てのものを抜き出すのに、ちょっと時間がかかった。

チョコレートの方は、そろそろ出来上がったらしい。白いほうろうのバットに湯が張られている。ほうろうのバットなら、写真をやる者には暗室でおなじみだ。勿論、この店では現像に使ったりはしない。そこでカップが温められている。まるで、幾つかのカップが揃って旅行に出掛け、機嫌よく温泉に浸かっているようだった。

湯から引き上げられたカップは、濡れた周りを拭われる。そして、手鍋からチョコレートが注がれていく。

視線を玲に返すと、バッグから引き出したファイルを渡してきた。

40

受け取って広げた。

二

道路標識の写真が並んでいる。それぞれ、どこかの隅が、違う曲がり方をしている。情報を伝える《手段》として存在している標識が、それによって微妙に、個性を主張していた。

「友達にこれを見せたの。自分でも気に入ったものになったから」

「うん」

「そうしたら……」

二人の会話に遠慮しつつ、《お待ち遠様でした》とカップが置かれた。玲は、そのチョコレートを一口啜ってから、

「嫌な顔をされたの」

作品に、肯定否定は付き物だ。誰かが褒めれば、誰かはけなす。だが、《嫌な顔》というのは単純な悪評とは違いそうだ。玲は続けた。

「こう、いわれた。――《画面として面白いのかも知れない。でも、標識が曲がってるってことは、車がぶつかったってことだよね。だとしたら、そこで誰かが怪我をしたり、もっとひどいことになったかも知れない。そんなところを素材にして、シャッ

ターを押していいのか》って……」

　つらそうな表情のわけは分かった。類は、そっとチョコレートを口にした。玲が、いう。

「構図を工夫したり、色調に気を配ったりするだけで、そこまで考えなかった。《特に、これなんかたまらない》って顔をしかめた。そういわれて、ぞくりとしたの」

　そして、ファイルの一枚を指で示した。空が写っていた。春先のものだが、空気感でいえば秋に似た突き抜けるような青さが印象的だ。中央上に雲がぽつんと浮かび、下に一方通行の標識がある。青地に白い矢印が、向きからいえば天を指している。標識の右側が、少し折れていた。

「……いわれるまで、全然、考えなかったんだ。ただ、白い矢印の先が、白い雲を指してるのが面白かったんだ。……だけどね、もし、その子が、大事な人を交通事故で亡（な）くしてたとしたら、どうだろう。こんなもの見せた、わたしのこと、きっと許せないよね」

　類は、カップを受け皿に置き、

「玲ちゃんが、どうして苦しいのか、よく分かったよ。――友達と話してる時だって、相手を傷つけることがある。こっちに、全然そんなつもりがなくてもね」

「うん」

「ものを作るのも、やっぱり対話なんだ。作るって行為そのものがそうだ。自分と作品とのね。そして、出来ちゃったものを誰かに見せたら、今度は、そこで——作品と観客が話し始める。でも、観客の耳に、作り手が考えもしなかった言葉が届くことだってあるだろう。作られたものは、説明じゃないからね。——何行かにまとめられるようなテーマがあって、それをそのまま伝えたければ、説明すればいい。そこに、絵や写真や音楽なんて《表現》はいらない筈だよ。——そうなると我々の伝えたいのは、意図じゃなくて、そこから生まれた表現そのものになる。それこそが、人間にとって必要なものだ。——泣くのは悲しいからだろう。でも、誰かに見せつけようとしてる時は別として、純粋に泣いてる時はどうか。《これで悲しみを表現しよう》なんて思っていない筈だ。ただ、止むに止まれず、泣くことを泣いている。そうだろう?」

「うん」

「でもそれは、悲しみと涙が別物ということじゃないんだよ。流してる涙が、言葉を越えた、《悲しみそのもの》なんだよ」

玲は、一所懸命、後を追うように、

「……喜んで踊ってる時は、こう、手を振ったり足を上げたりしてる動きが、もう、《喜びの表現》じゃなくて、《喜びそのもの》なんだって……ことよね」

「そうだよね。表現させる何かはある。後ろに何もない表現というのはない。そこから生まれた、もう一つの《生命》が作品だ。ただ、痛くて飛び上がっているのが、喜んで踊っているように見えたりするかも知れない。そういうことはある。——玲ちゃんが、標識のシリーズを撮り始めた時にも、とにかくシャッターを押させる何かがあったわけだ。撮らずにはいられなかったんだ。いってみれば、玲ちゃんはカメラと一緒に踊っていた。お父さんは、それを感じた。だから、止めるようなことはいわなかった。踊れる時っていうのは、そんなに簡単にやって来ないからだよ。それは、とっても大事な瞬間なんだ。──でも、実はね、あの写真を見て、──玲ちゃんが今日いわれたようなことも、感じたんだよ」

玲は、目をしばたたいた。

「──どうして黙っていたか。第一には、今いった通り、シャッターを押したいという《時》を大切にしてやりたかったからだ。──そして何より、これは玲ちゃんの、写真の基礎訓練だと思ったんだ。まだ、作品として発表するものだとは思わなかった。──知り合いに見せて、どうなるかまでは考えなかった。結果として、玲ちゃんを苦しめちゃったから、これは、お父さんの判断ミスかな」

類は、ちょっと間を置いて続ける。

「他の風景の中に、ああいう一枚が入っていたら、それは風景の一部だよ。でも、曲がった標識を揃えれば、そこに作者の意図がある。それが前提だ。なくては揃えられない。見る人は、写真そのものを通して、その狙いを読むことになる。玲ちゃんの場合は、形の面白さを捕まえようとしたわけだ。でも、その対象の裏には、確かに《人の痛み》があるよね」

「……わたし、夢中になってて、それが見えなかった。カメラって《見る》ものなのにね。わたし、写真に向かないのかなあ」

「そういってしまえばね、玲ちゃん、生きていくってことが《見る》ことだろう」

「………」

「向く、向かない、で生きてくことは出来ないよ。大体の人間がね、生きていくには向かないもんだよ。傷ついたり、苦しんだりした時には、自分が殻をはずして歩いてる海老みたいに思えるものさ。でも、何とかやっていくんだ。そうしながら、色々な経験を積んでいく。そうして、少しずつ何かが見え始めるんだ」

「うん」

「全ての理屈を越えて、何を撮っても許される天才というのはいるよ。それは確かだ。――でも作品として、ああいうものにレンズを向けるとしたら、普通は、その裏にあるものを感じる力が必要だろう。感じられるからこそ、カメラを向ける時には、それを越える意図を持つことになる。これは、報道写真に関わる人間なら、毎日のようにぶつかる問題だよ」

類は、チョコレートのカップを取り直し、

「――作品には、意図がある。このチョコレートの作られたわけならね、《お客様をくつろがせて、ゆったりと、落ち着いた気持ちになってほしい》。そんなところかな。その心をくみ取るなら、さめないうちに飲まないといけないね」

そういって、ちょっとだけぬるくなったチョコレートを口に運んだ。

玲も、話して落ち着いたのか、チョコレートの適度の甘さが味わえたようだ。

類は、カップを置きつつ、

「心を休めてくれる絵や音楽もある。――でもね、《芸術とは迷惑だ》という一面も、確かにあるよ」

「どういうこと？」

「土方巽(ひじかたたつみ)という舞踏家がいる。細江英公(ほそええいこう)という写真家がいる。写真家は舞踏家を追いかけた。――秋田の田圃(たんぼ)が広がる、大きな風景の中に出かけた。土方巽は髭(ひげ)を生やし、裾(すそ)や袖(そで)が、風ではためき、ひるがえる着流しの姿だ。それで、思うがままに野を駆けて行く。遠い遠い昔の、物語の中から出て来た、人間ではないもののようだ。写真家は、その姿をカメラに収める。土方は、畦道(あぜみち)に来ると、いきなり、そこにいた幼い子供を抱えて、田圃の中に走り出した。全速力だ。魔物の疾走だね。子供は曇天を仰ぎ、驚きと恐怖に泣き叫んでいる」

「うわあ」

「どうだい」

「何だか、トラウマになりそう。確かに、子供から見たら、大変な迷惑ね」

「だろう？　だけど、この一枚は、大傑作なんだ。《土方さん、やめなさいよ》といっていたり、子供のことを心配してシャッターを押さなかったら、その傑作は生まれなかった」

「お父さんなら、助けに行っちゃいそう」

類は、柔らかく微笑み、

「そうだね」

そして、コップの水をひと口飲み、いった。

「玲ちゃんはね、これでしばらく、交通標識に向けてシャッターを押せないだろう。でもね、それはたいしたことじゃないんだ。細江さんが土方さんを追いかけていたのとは違う。玲ちゃんが標識を撮っていたのは、——結局のところ、型に寄りかかっていたんだよ。それでは、結局、次に進めない」

そして、立ち上がった。玲もバッグを手に取り、後に続いた。

外に出て、

「忙しいのに、ありがとう」

というと、類は首を横に振った。《いいんだよ》の意味ではなかった。《まだ、終わらない》という意思表示だった。

「お茶も飲んで行こう」

これには、玲がびっくりした。

「だって、個展の初日でしょ。普通の日じゃないよ」

「もっと大事なことなんだ」

三

近くの喫茶店に入り、注文を終わると、すぐ類が話し始めた。

「お父さんの、『北へ』は知っているね」

玲は頷いた。類の出世作となった写真集だ。何ともあっさりした題だが、内容はその通り、車の窓から、青森へと向かう旅の途中の、移り行く眺めを撮影したものだ。レンズの高さが、ほぼ固定されている。限定された条件の中で撮りながら、展開される世界は実に豊かだ。その年の、写真界の大きな賞を取っている。今まで類は、自分の口から、それについて語ったことはなかった。だが、『北へ』という題名は、類を紹介する文には、必ずといっていいほど顔を出す。

知らされなくとも玲が、関心を持たぬ筈はなかった。類の仕事場にある一冊を引き出して、初めて見たのは中学生の頃だった。いつも類の撮る、穏やかな世界とは、全く違っていた。粗削りに見えるが、その分、一枚一枚に若々しい息遣いが感じられた。人物をつかみ取ったものもそうだが、中でも、山中の夜明けの風景には、息を呑むような生々しさがあった。白い渦となって流れる霧の向こうに、林があり、その向こうに、黒々とした山影がある。上ろうとする太陽が、一日の最初の光を投げ始めている。おそらくは、一夜を明かした車中から叫ぶようにレンズを向けたのだろう。玲は、その写真に、のしかかって来るような《力》を感じた。驚嘆すると同時に、やさしい父親としての類を知る身には、顔を背けたくなるような何かさえ感じた。

「――あれを撮るまでは、お父さんは全く誰からも注目されていなかったんだよ。あれが撮れたのも、一冊の本に出来たのも、全部、お母さんのおかげなんだ」

美々は、いつも陽気に、おかしいことをしゃべっている。その母が、どうやって類と結ばれたのか。《職場結婚よ》という説明なら、聞いたことがある。美々は最初の結婚をして、すぐに離婚した。仕事は、婦人雑誌の編集者をしていた。そこのグラビア写真などを撮っていたのが玲の《お父さん》だった。めでたく第二の、そして今度こそ末永く添い遂げようと思う相手と巡り合ったわけだ。

「――お父さんは、子供の頃からカメラを手にしていた。そういっちゃあ何だが、才能はあったよ。――どういう才能かというと、若い頃からね、人に好かれ、褒められる写真なら幾らでも撮れたんだ」

類の頼んだ、ミントのハーブティーが来た。

「――まあ、いってみれば褒められ上手なんだな。うちのおじいちゃんはファッションを専門に撮っていた。写真をやり始めてから、そういう現場にも連れて行ってもらった。修業をしたんだよ。そのうちに、出版社の人とも顔見知りになる。――それでね、お父さんは、依頼主の希望通りの写真が、器用に撮れた。――写すものを、《女の人》に譬(たと)えるなら、その人の内面までつかんで写し取るには、本当の力がいる。器用なだ

けじゃ出来ない。でも、そういう写真を、当人が喜ぶかどうかは別問題だ。誰だって、専門家が《本当にいい》っていう写真より、《美人》に撮れてる一枚の方がずっと嬉しいだろう? お父さんには、それが出来たんだ。だから、重宝がられた。仕事は来た。それが嬉しくて、あっちゃこっちで働いた。でも、——迷いはあった。《自分の本当に撮りたい写真は、別にあるんじゃないか》という迷いさ。だけど、その《何か》が、うまくつかめない。そうしているうちに、どんどん時間だけは経っていく。——にこにこしていても、心の中では笑えなかった」

玲の紅茶も来た。

「——そんな時、どういうわけか、お父さんのいらいらを見抜いてくれたのが、お母さんなんだ。最初は、仕事の打ち合わせをしていただけなんだ。それから、だんだん、色んなことを話すようになった。——知りあってしばらくしてね、お父さんが足の怪我をした。機材を運んでいる時にやっちゃって、当分、普通に歩けない。仕事の方はしばらく休むつもりになった。気障にいえば、この機会に、自分を見つめ直そうと思ったんだな。お母さんが《何か、撮りたいもの、あるの?》っていうから、《自動車の窓から撮りたい》って答えたんだ。動くことが簡単に出来なくなった。そうなって逆に、《今この同じ時間の中にいる色々な人や、風景を、この手で捕まえてみたい》という気が湧き上がって来たんだ。——お母さんは、こういう時、決断が速いんだ。じっと、お父さんを見て、《校了明けに土日をからめたら、しばらく休める》っていった。

雑誌の仕事をしていたから、忙しい時とそうでない時が周期的に来るんだね。《わたしが、ハンドルを握ってあげる》っていった。――その時、分かったんだ」

類は、薄荷の香りのする、薄めた琥珀色のお茶を口に運んだ。

「――この人となら、いいチームが作れるかも知れないって」

玲は、くすぐったそうな顔になる。

「何それ、のろけてるの」

「それもある。だけどね、いいたいことは、その先だ。――車で北に向かった。人生の中での、本当に冒険といえる旅だった。ファインダーから覗く世界は、空気の色まで違って見えた。――撮って来た写真を整理すると、とてもいいものに思えた。お母さんも《凄い》といった。こっちから頼んだわけじゃないのに、勢い込んで、知り合いの編集者に見せに行った。写真集を出している会社の人だ。一目見て感心してくれた。本にすることが出来た。――こういうわけさ」

「だから、《お母さんのおかげ》なのね」

「そうなんだ。それまでは、器用な二代目というだけで、写真集を出す立場じゃなかった。この本が、幸い評判になって、大きな賞まで貰うことになった。そうなると――だ」

「うん」

「同じことをやってみないかという誘いがあったんだ。ある雑誌からね。車に乗って、今度は別の地方に出かけたらどうか——という企画だ。同じようなカメラの位置から世界を見る」

「……………」

「全く駄目だった。自分で分かる。中途半端な写真にしかならなかった。『北へ』は傑作だった。そうなったのは形式のせいなんかじゃない。分かるね」

玲は、深く頷いた。

「——玲ちゃん。だからね、カメラを信じていれば——本当にいいものを作れる瞬間というのは、大きくて強い、突然の波のようにやって来る。波に洗われている間は、とてもいい気持ちだ。カメラを構える度に、それが来るのが天才だろう。——それは決して、型なんかに寄りかかったところから、生まれるものじゃない。だからね、今、標識のシリーズを進められなくなっても、少しも気にすることはないんだ。——それからね、玲ちゃん、自分を責めて《何も考えずにあんな写真を撮った。わたしって駄目だ》とうつむいた時、顔が下を向き過ぎて、《駄目》な方の玲ちゃんだけ見ちゃいけない。それは、自分に失礼だよ」

「……………」

「その時、そこには、《駄目だ》と真っすぐに自分を責められる玲ちゃんがいる。そうだろう？　玲ちゃんはそういう子だ。いいかい、これは写真だけの問題じゃない。責めて進めなくなるなら、そこで終わりだ。でも、玲ちゃんが、その後、また一歩を

踏み出せれば、きっと前より歩幅が大きくなっている筈だよ」

四

玲と別れて、個展の会場に戻る。

日曜日の午後である。銀座を行き来するのは、まさに老若男女、歩行者天国の路上を見れば、連れられて来た犬たちまで、元気そうにアスファルトの上で跳(は)ねている。春の光に包まれたこういう街は、学生時代にも見た。今と若い日の距離は、歩道から歩行者天国に足を踏み出すぐらいの、たった一足に思える。時が経った——という意識もないうちに、五十を越えてしまった。

類は、いつも以上に多い人波の中で、ぽつんと一人になったような気に襲われながら、ゆっくりと歩いた。

北への旅から生まれた写真を思う時、類はいつも不思議な気持ちになる。

——どうしてあんなものが撮れたのか、あれは本当に自分が撮ったのだろうか。

それは、自分の仕事の大陸から、離れて浮かんだ島に似ている。本が出て、賞を貰う頃まで、高揚感は続いた。だが、遠い昔の悲劇に出て来るような、残酷な予言者の言葉を待つまでもなかった。若い類は、熱に浮かされることのない我が目で、人生の先を、すぐに見切った。

――もう、あれ以上の仕事は出来ない。

それで、絶望を感じることはなかった。跳んで伸ばした指の先が、創作者なら誰でも憧(あこが)れる高みにただ一度でも届いた。そのことを喜ぼうと思った。自分には自分のなし得る――いや、自分にしかなし得ない仕事がある。プロである類は、それに誇りを持っていた。

夜には、ギャラリーを会場にして、小さなセレモニーとパーティーがあった。関係者の他にも、常連のファンが来てくれた。盛会だった。称賛の挨拶を貰い、ほとんどの作品に、早々と売約済の赤い印が付いた。

帰りは地下鉄に乗る。遅い時間帯なので、美々と並んで座れた。今日の、玲とのやり取りを伝えた。地下鉄の走行音は哀(かな)しくなるほど、やかましい。耳元に口を寄せるような話し方になる。

話し終えると、今度は美々の方から、

「有り難いわ。写真にからむことなら、類さんがいうに限るもの。――同じ言葉でも、わたしの口から出たんじゃ説得力ないわよ」

夫婦は、普段、二人になると《類さん》《美々さん》と呼び合っている。話題の主の玲は、一足先に、家に帰っている筈だ。もうパジャマに着替えているかも知れない。

「どうなんだろう、写真家の娘だっていうこと、相当、意識してるのかなあ?」

美々は、ちょっと考え、

「《写真家》っていうより、《類さん》が好きだから、――写真も好きになろうとしてるんじゃないかな。ほら、学校の授業なんかで、そういうこと、あるじゃない？　先生がタイプだと、その教科まで一所懸命やる」

「――それはあるね」

「類さんたちみたいに、ずっと仲のいい父娘って珍しいんじゃない？　年頃になったら、どうかと思ってたら、あの子、やっぱり何でも話してる」

「うん」

　類は、玲が幼い頃から、自転車を並べて走ったり、メダカを飼ったり、一緒に焼き芋の壺を買って来て焼いたり、とにかく色々なことをして来た。押すとあっと驚く言葉やアイデアの出て来る、びっくり箱みたいな子だった。だから、側にいて面白い。

　夕食がカレーだった時、ふと思いついて、手近のメモ用紙に、スプーンを握って食べている玲の似顔絵を描いた。そして、下に《ライスカれいちゃん》と記して見せた。玲は、すぐにメモ用紙を取り、ビールを飲みながらおつまみをつまんでいる類の絵を描き、下に《ピスタチおやじ》と返して見せた。まさに当意即妙。《ナントカるい》となるかと思うところを、子供のくせに《おやじ》と持って行く。この感覚が楽しい。

《本当に面白い子だ》――と、思った。

　こういう子の、一日一日の成長を見守るのは、類にとって胸の芯の熱くなるような喜びだった。

勿論、玲にレンズを向けた回数も数え切れない。そういう写真を見て、美々が首をかしげた。

――変ねえ。あの子を撮ると、日高類の写真じゃなくなるのね。

――え？

――これって、その辺のお父さんの撮る、ただの家族写真じゃない？

そういわれた時、類は逆に、心の紐(ひも)を解いた自分を発見したようで、とても嬉しかったものだ。

そんな玲であるだけに、心配になることはある。

「――《意識してるか？》ってのはさ、美々さんのいう、カメラを手にする動機とは別にね、――写真家の子供だってことが、どこかで玲ちゃんの、《心の支えになっていないか？》ってことなんだ。――男の場合はね、父親が同業だと、むしろ反発する。《俺は俺》ってね。父親の視線を煙ったく感じるもんだ」

「女は違う？」

「それを聞いてるんだよ」

美々は、ちょっと考えてから、

「《女は――》って、一般論に出来るかどうか分からないけど、まあ玲だったら、そんな意地は張らないんじゃないかな」

「そうだよね。――素直に《わたしの中に、お父さんの才能が生きてる》って、喜んでるんじゃないかな」

「どうだろう……うん……あの子だったら、そう思うかも知れない」

「だとしたら、……本当のことが分かった時、二重にショックじゃないかなあ。……玲ちゃんは玲ちゃんだから、素晴らしいのにさ」

二人の耳はしばらく、地下鉄の音だけを聞いた。やがて、美々がいった。

「……でも、あなたが《類》で、あの子が《玲》だなんて、……不思議なものね」

類は、遠くを見る目になり、

「最初はさ、特にどうとも思わなかったよ。でも、歩き始めのあの子と外に出て、疲れた小さな体を抱いて帰りながら、《玲ちゃん、玲ちゃん》っていってると、しみじみ思ったよ。――《ああ、どっかに神様がいるのかなあ》って」

玲という名前は、いかにも類にちなんで付けたようだ。しかし実際には、美々と最初の夫との間に生まれた子だった。

玲がまだ赤ん坊の頃、早々と離婚を決めた。産休明けで戻った職場に、美々は実家から通っていた。父母が、よく面倒を看てくれたので、その点では恵まれていた。

類と知り合い、《この人なら》と思った美々の決断は速かった。その要素の一つに、《出来るだけ、玲の小さいうちに新家庭を持ちたい》という思いもあったようだ。玲が、新しい父親に無理なく慣れてくれるようにである。

おかげで玲は、幼い日から、類との思い出を共有して育って来た。

「これだけうまくいってるんだものね、本当かどうかっていえば、類さん、もう間違いなく、本当のお父さんになってる」

美々は、そういった。まさにその通りだ。しかし、いつかは玲にも分かることだろう。となれば、どういう機会にいうか——これが難しい。

大学に合格した時、戸籍に関する書類が必要になった。美々が取って来て、ちょっと迷ったが、市役所の封筒に入れ、糊付けしてしまった。

「開封すると無効なんだって」

玲は《ふーん》といって受け取った。別におかしいとも思わなかったようである。何かのはずみ——などで知られたくはない。きちんと、自分たちの口から伝えたい。しかし、告げるのは今日ではない。いつか別の日だ。

玲が中学生になった頃から、夫婦は取り敢えず、そう自問自答して来た。眼前の生活が穏やかで心地よいだけに、迷い、ためらいつつ、ここまで来てしまった。

美々は、ふと思いついて、

「東北旅行のこと、いっちゃったんだよね」

「うん」

運命的、といえば大袈裟に響くが、まさにそういうものを感じて、決行した旅だった。乳離れし、祖父母になついていたとはいえ、幼い玲を置いて三泊四日も家をあけたのだ。少なくとも美々の側から見れば、決行というしかない。

その頃の類には、まだ玲についての、はっきりとした認識がなかった。知っていたら、旅に出なかったかも知れない。出かけられる美々に、不快感を抱いたかも知れない。

しかし、強そうで実はもろく、いい加減そうに見えて誠実なのが美々だ。長年連れ添い、その思いは深くなっている。後から、類は思った。あの旅行も、自分の感情を優先したというより、実は、玲のための旅だったのかも知れない――と。

美々はいう。

「本の出た年とか、あの子、調べないだろうね」

「あ……そうか」

写真集の刊行は、結婚式には間に合わなかった。類と美々は新婚生活の中で、二人の赤ん坊のようなその本を、繰り返し見た。

脇には、歩き始めた玲がいた。

「微妙だよね」

写真集の奥付を見れば、刊行年は分かる。

「玲ちゃんが、もう生まれてたわけだ」

「……でも、本になるまで時間がかかったと思えば、納得出来るよね」

「そうだな。三、四年かかったと思えば、おかしくない」

「それに、あの子、大らかだからね。そこまで気にしないよ」

親の結婚した年まで、きちんとつかんでいる子など、世間に多くはいないだろう。子供の見ているのは、後ろではなく前だ。そんなことは、普通、興味の網の中に入って来ない。

電車は地下から抜け出し、外の闇の中に駆け上がった。先の駅で、準急に乗り換える手もある。だが、疲れた二人は、各駅停車で座ったまま帰ることにした。

五

本業があるので、個展の会場には美々が詰めてくれる。最終日の日曜は選手交代して、類が顔を出した。案内の葉書にも、いられる日を書いておいたから、知り合いが来たりする。

午後になって、千波が現れた。深い緑色のタートルネックの上の顔は、色の対比のせいか、いつもより一層、色白に見える。

「おめでとうございます」

「ああ、どうも」

と、ありきたりの挨拶を交わしたところで思い出した。

「――水沢さんたちがね、初日に来て、探してるみたいでしたよ」

ごく普通に《そうですか》と受けられてから、あの日の牧子たちの表情が鮮やかに蘇って来た。確か、《憂い顔》の人といわれて、千波を連想したようだった。何かあったのだろうか。

千波は、壁の作品を、端から一枚一枚、じっくりと見始めている。類の目に映るのは、焦げ茶色のジャケットの背中と、髪の短い頭だ。後から来た客が、あまりに丹念に見つめる千波を、次々に追い越して行く。

千波が帰ってから、類は妙に落ち着かない気分になった。思い切って外に出、角を曲がった路上で携帯電話を取り出す。牧子は仕事を家でしている。その上、出無精らしいから、大抵は繋がる筈だ。

「はい」

案の定、すぐに牧子が出た。

「お仕事中、すみません。お話しして大丈夫ですか」

「ええ」

「銀座にいるんですけれどね、こっちの会場に、今、石川さんが来たんですよ」

「………」

「どうかしました?」

「……いいえ」

「どこがどうって、うまくいえないんです。だけど、いつもと違う気がするんです。——それでね、会場に入ると、僕の写真を食い入るように見ている。そりゃあ、自分の作品ですから、熱心に見てもらえるのは嬉しい。でもね、本当に、怖いぐらい真剣なんです」

「……それから？」

「ああ。見終わった後は、挨拶して出て行きました。それだけなんですけれど――」

「はあ」

「この間、石川さんのこと、何か心配していたんじゃないですか？」

「そうですけど……その件は、昨日、会って話したんで……」

「解決したわけですね」

間を置いて、《ええ》という答えは返って来た。しかし、調子が重苦しい。すっきりはしない。だが、これ以上、聞いても無駄だろう。本当に《解決した》のかどうか分からない。しかし、形の上だけ《それなら、よかった》と返し、それをきっかけに《どうも、お忙しいところすみませんでした》と、電話を切った。

ところが、会場に戻り、そんなやり取りも忘れかけた頃、今度は逆に、牧子の方からかけて来た。

「これから、そちらに出ようと思います。ちょっと電話では、話しにくいことなんです。会っていただけますか」

「先程の件ですか」

「はい」

夕食は、こちらですませるつもりだった。会場の閉まった後、落ち合って、ビルの四階の、日本料理の店に入った。席が仕切られていて、落ち着いて話せる。類はまず、食前のビールを頼んだ。冷えた素焼きのジョッキが運ばれて来た。上手に、濃密な泡が立っている。生ビールは、泡にマッチ棒を立てられるように注ぐという。まさにそんな感じだった。陶器の茶色の縁に囲まれて、はるか上空から見る雪の原のようだった。

店員は、間仕切りの後ろの席にも同じジョッキを運んで行った。しばらくして背中の方から、おばさんめいた調子で《おっぱいみたい》といい、秘密っぽく笑い合う声が聞こえて来た。泡のことをいっているのだと分かった。

アルコールは、母乳と正反対のイメージを持つものだろう。ビールがそう譬えられるとは、思いもしなかった。男の考えることではない。いかにも子育て経験のある母の口から、反射的に飛び出したものに思えた。背後の笑いは、しばらく続く。濃厚な白い泡に唇をつけるのが、何だか気恥ずかしいようだった。

牧子の話は、実に意外なところから切り出された。

「日高さん。きっと明日から半月ぐらい、スケジュールが詰まっているんでしょうね？」

わけの分からないまま、類は答えた。

「まあそうですけど、――午前中なら、大体何とかなりますよ。日によっては、そうですね、無理をすれば、二時ごろまで空けられるかな」

牧子は、じっと類を見つめた。

「でしたら、空けられるところは、しばらくそのままにしておいてもらえませんか。わたしの勘違いかも知れないけれど、――空けておいていただきたいんです」

類は首をかしげ、当然の質問を返した。

「どうして？」

「電話をいただいた時には、急な話で、よく分からなかったんです。でも、受話器を置いて、しばらくしてから、はっと思い当たりました。――トムさん、一所懸命、日高さんの写真を見ていたんですよね」

「ええ」

「だとしたら、――あの人、日高さんに、写真を撮ってもらいたいのかも知れません」

類は背筋を伸ばし、それから間仕切りにその背を預けた。頼んでおいた膳と汁物が来た。

「だったら、どうしていわないんです。知らない仲じゃないんだし」

「迷い……もあると思います」

「迷う？」

「でも、もし心を決めても、きっと先に、美々ちゃんにいうと思います。何というか……変ないい方ですけど、仁義として」

大袈裟な話だ。ますます分からなくなる。

「どうして？」

「撮るとしたら……」

「ああ……」

一時、普通の奥さんが、衣服を脱ぎ写真に残すことがブームになった。モデルではない人たちが、スタジオに行ったりした。かなり、昔のことだと思う。テレビ番組にそういうコーナーが出来たりした。あれなのか。

「トムさんの場合だと、顔が知られてます。興味本位で、何かいわれたくないでしょう。絶対に秘密を守ってくれる人でないといけません。――時間もありませんから、すぐに頼める人じゃないと困る。――日高さんだと安心です」

類は、軽く手を挙げて、

「どうして、そんなに急ぐんです？」

牧子は、口を一文字に、まるで怒ったようにした。やがて、徐々に口元を緩め、

「わたしからいうことでは、ないと思います。トムさんはきっと、必要な時に、自分からいいたいんでしょう。でも、ここまでお話ししたら、黙ってもいられません。十日ほど経ったら、あの人、入院して体にメスを入れるんです」

そういってから牧子は、まるで自分が口にしたことに驚いたように、しばらく黙った。

類も答えを失っていた。やがて、牧子が後を続け始めた。

「——今日、受話器を置いた後、あの人が日高さんの写真をじっと見ているところが、頭の中に浮かんで来たんです。そうしたら、考えてることがそのまま伝わって来るような——気がしたんです」

「……それで、急いで来たんだ」

「ええ。日高さんは忙しいから、——明日にも新しいスケジュールが入るかも知れない。そうなったら困る。無理は承知です。でも、十日ぐらいの間は、出来るだけ空けておいてほしいんです。——それにあの人、大事なお願いでも、自分のこととなると、そっけなく、軽く頼んだりします。いいえ、大事なら大事なほど、そうなる人なんです。《ちょっと、ふさがってるな》なんて聞いたら、すぐにお願いも取り下げちゃいますから」

類が頷くと、牧子は手付かずの膳に目をやり、自分から箸を取り、

「——食べて下さい。それとこれとは別ですから。食事の後にすればよかったですね。気が利かなくて……」

しばらくは無言で箸を動かした。やがて、類がいった。

「それって、胸のところの、悪い病気ですか」

「ええ」

「だったら、今は、色んなやり方があって——そんなに心配することはないんですよ

ね」

　牧子は、こくんと頷き、少しずつ、小さなものをつまむように箸を運んだ。いいたいことは色々あるようだった。だが、半分ほど食べたところで、《何だか、お食事の邪魔をしに来たようで……》と、席を立った。

「あの人からの話があったら、初めて聞いたような顔をしていて下さいね」

「それはもう――」

　牧子は、類が固辞しても自分の分の代金を置き、先に出た。

　残された類は、今日の午後、千波の、焦げ茶色のジャケットの肩の辺りに浮かんだ表情を思い返しながら、それでも食事は全部食べた。ビールも口に運んだ。

　間仕切りの後ろからは、時々、おばさんたちの笑い声が響いた。たまたま、この席に座ったから、後ろからの声を聞いた。今まで一度も、ビールの泡についての、あんない方を耳にしたことはない。小説や詩の世界では、普通にある譬えなのだろうか。何か大きなものに、筋書きを書かれて生きているような、妙な気分になった。

六

　週明けと共に、幾つか仕事の依頼が来た。類は、近い時期のものを受けないよう心掛けた。水曜日、家に帰ると、千波が来ていた。

スタジオを兼ねた応接間で会った。応接セットは簡単軽量。大きなものを撮る時は、脇に片付けられる。撮影用の台があり、機材の幾つかが壁際に寄せられている。

「この間は、おいでいただいて――」

個展に来てもらった礼などをいっているうちに、美々が、類の分のお茶をいれて来る。そこから、すぐに本題に入った。

やはり、撮影の依頼だった。美々は、すでに事情を聴いているらしく、側に黙って控えている。手術があるので、その前に写真を撮っておきたいということだった。

「わたし、あんまり、自分のそういうことに執着ないんです。病院の先生と話して、いよいよ切ると決まった日もね、夜になるまでそんなこと考えなかったんです。でもね、――わたしの寝る部屋に、仏壇があるんですよ。母の額が掛かってる。《そうだ、いってなかった》と思って、前に座って見上げたんです。そうしたら、じっとこっちを見られてるような気になって――。何かねえ、あれこれ、やり取りしちゃいました。そうしてるうちに、《写真を残しといてくれ》っていわれたような気がして――」

類には、すでに心積もりが出来ていた。すんなり受け入れ、日程の調整だけした。

「それだと、やっぱり専門のスタジオで撮ることになりますね。こちらで押さえて、後から連絡します」

何げなくそう提案し、千波も頷いた。本当は、この部屋を使ってもいいのだ。背景用のスクリーンぐらい簡単に下ろせる。今まで、主に商品写真の撮影をして来た。しかし、人物だって勿論撮れる。ただ、この屋根の下で、千波に脱いでもらいたくはなかった。

牧子は、美々への《仁義》といった。その言葉には、様々な配慮が含まれている。

妻の昔の離婚について、類自身は詳しく聞いていない。おそらくは、千波たちの方がより深く、事情を知っているのだろう。それでも、否応なしに、ある程度は分かってしまう。以前、夫だった男が、美々も知っている女性を、家に引き入れていたのが、直接の原因だ。

今、こんな状況で美々が、千波に不快感を持つ筈もない。しかし、連れ合いとして、出来る限りの心遣いはしたかった。

六本木のスタジオに、心当たりがある。そこなら、経営者が知り合いだ。早くから開けてもらえる。朝から入れば、どう考えても午前中には終わる筈だ。ただ、特別な場合である。簡単にシャッターを押すだけではすまない。千波にも、そして自分にも、完全に納得のいく写真を撮りたい。そのための時間は、十二分に確保しておきたかった。

「スタジオの方は、大体、一時間二万ぐらいになると思いますが――」

「はい」

続けて撮影についての説明を、簡単にすませた。

聞き終えた千波は、牧子と一緒に検診に行った時の話を始めた。

「──その時はね、胸のそのことは調べなかったんです。色々なタイプがあるから、専門の先生でないと分からないんです。しばらく前には、痛まないっていうのが常識で、でも実際には痛む例が幾らもあるんですって。要するに、簡単には結論が出ないんですね。で、わたしの場合は、外から見て首をかしげるタイプだった」

「じゃあ、──それを専門外の先生から？」

千波は、軽く手を振り、

「違うんです。聴診器を当てられてた時、側にいた看護師さんがたまたまボールペンを落として、しゃがんだんですって。──わたしは全然、覚えてませんけど」

類の耳に、その時の、床に転がるボールペンの乾いた音が、カラカラと響くようだった。

「──しゃがんだ看護師さんが、わたしの胸を見上げた。そうしたら、下が薄赤くなってた。──その人の、お姉さんに同じことがあったんですって。だから、気にかかって──」

「ああ……」

「検診の結果通知の日に、わざわざ廊下を追いかけて来てくれたんです。《ちゃんと診てもらった方がいいですよ》って」

類は、そういうわけかと頷き、

「まあ、それが……早めに分かるきっかけになったんなら……」

「でもねえ、わたし、迷ったんですよ」

「え？」

「その後、わたし、牧子たちを先に行かせちゃったんです。一人になりたかった。――牧子はね、《体のことで何かあって、落ちこんだんじゃないか》って、随分と心配したそうです。でもね、わたしが一人で、一所懸命、考えていたのは、そんなことじゃないんです」

千波は、微笑んで続けた。

「――《何とか、ごまかせないかな》って思いが、頭の中をぐるぐる回ってたんですよ、その時」

「ごまかす？」

「ええ。わたし、来月から朝のニュースを担当することになってたんです。――専門の病院で診てもらって、《いけない》となったら、どうしたって上司にいうしかないでしょう。担当から降りることになる。――知らないで始めて、放送の途中で倒れたんなら仕方ない。でも、知っていて黙ってたら、職業人として失格です。皆に迷惑をかけてしまう。でもねえ――」

と、千波はさらに微笑みを深くした。

「やりたかったんですよ、わたし。――だって、自覚症状なんか、ないんだもの。ほら、まるっきり普通に、動けるし、しゃべれる。三日後に倒れるにしたって、今は出来るんです、今はね。駄々っ子みたいだけど、神様を恨んじゃいましたね。《何で、こんな時に、こんな言葉を聞かなくちゃならないんだろう。何のために生きて来たんだろう》ってね」

わずかの間を置き、言葉は続いた。

「――ニュースのね、あの緊張感と高揚感が、わたし、好きだったんです。特に朝のニュース。外が明るくなって来る。日本中の人が、目を覚まして、テレビのスイッチを入れる。寝ている間にあった出来事は、まだ知らない。その誰も知らないことを、わたしの口が、今、伝えているんだっていう、あの感じ。一度出た言葉は、お詫(わ)びは出来ても、消すことが出来ない。――修正出来ることなんて面白くない。やり直せないから、素晴らしいんですよ、何でも。――昔はね、アナウンサーは読むだけだった。私的コメントなんて、したら始末書ものだった。今は違う。そういう今の、朝のニュースに出られるところだった。でも、――でもねえ、仕方のないことは仕方がない。子供じゃないから、《考えたってどうにもならない》って分かりますよね。結局、上司に電話して、伝えました。すぐに、色々、アドバイスしてくれて、――月曜日に、有(あり)明(あけ)にある病院に行くことになったんです。有明って、あの東京湾のね、ゆりかもめに乗って、高い所を通って行くでしょう。何だか、とっても変な感じでしたよ。周り中がきらきらしてるみたいな、現実感のない一日でした。待ち時間に、外を歩いて海を見たりしたんです。波の動きが、妙にはっきり頭に残っていますね。色々な検査して、

――この間の土曜に結果が出たんです。炎症性っていうやつで、もう悠長なこと、いってられない段階に来ているんですって」

千波は、小さく横に首を振った。

「――駄目なんですよ、わたし。ニュースをやるわけにいかないんです」

そこで、電話が鳴った。玲が駅に着いたのだ。通学用の自転車は、駅前の店に預けてある。しかし、女の子だから、あまり遅くなった時には、美々が迎えに行く。呼び出し音をきっかけに、千波が席を立った。

「まあ……仕事の方は、体を直してからですよ。それが第一だから」

「そうですね」

と、千波は頷いた。

類は、去って行く千波の車を見送った。美々の車が後に続き、角で駅の方に折れる。千波のチョークブルーの車は、真っすぐに遠くなって行った。点になったテールランプは、遥かなカーブの向こうでようやく闇に溶けた。

玲が帰ると、家は途端に賑やかになった。今日は、有名なデザイナーのトークショーに行って来たらしい。その中で出た、《人は会話を全身で聞く》という説に感銘を受けたらしい。《肉体の一部を入れ替えると、記憶も入れ替わる》などと話されたらしい。いささか幻想的な話だ。それが、デザインにどう繋がるのかは分からない。

「本当だとするでしょ。爪切ると、記憶の一部も落ちるのかなあ」

玲は、自分の爪に向かって《もしもし》といいながら、風呂場（ふろば）に入っていった。

静かになった台所で、美々がいった。

「玲には、まだ話さないでって。——牧子の方も、さきちゃんには話してないようよ」

「会社じゃあ、どうなってるのかな？」

「上の人は分かってるけど、他にはあんまり知らせてないみたい。気を遣われるのもつらいものね」

「でも、ニュースは降りたんだろう？」

「ええ。四月からは、決まった番組、持たないみたい」

「だったら、——何となく分かるんだろうな」

「調子が悪いってのはね」

「——手術って、大変なのかな」

「そんなに、負担はないんですって。次の日から、普通にご飯も食べられる。問題は、その後、——転移があるかどうかみたい」

類は、自分の掌（てのひら）を見ながらいった。

「退院して来て、やる仕事はあるの？」

「色んな番組に、ナレーションを入れていくんですって。それだと、様子を見ながら不定期でやれるから」

七

撮影の当日は、車で早く出た。助手は使わない。二人だけで撮る。事前に、電話で連絡を取り、希望を聞いておいた。《特別なイメージは持っていないので、自由に撮ってほしい》ということだった。となれば正攻法の、ライティングだけで勝負したかった。しかし、特になかった。注文があれば、花でもドライアイスでも用意した。

類は思う。——千波は、こちらの目をしっかり見ながら、自分のなし得ない仕事のことを語った。知人としては、哀しみの思いを持って聞くべきだろう。勿論、その気持ちはあった。だが、同時に、類はカメラを自分の仕事とし、今、それを日常的に出来る立場にいる。ある意味で、《お前はどこまでのことをやるのか》と、挑まれたような気もした。

駐車スペースは三台分で、その二つを確保した。スタジオは、一方通行の多い、入り組んだ路地の先になる。初めての人間には、ちょっと分かりにくい。赤いサインペンで経路を記した、地図のコピーを送っておいた。千波は、迷うことなく着いた。

千波は、まず中を物珍しそうに覗く。いわゆるスタジオらしい空間だけでなく、シャワーやレストルームなどは、そのままホテルのようだし、キッチンを見るとマンションの一室のようだ。

ポットのお湯で、まず紅茶を入れ、撮影前に一息入れた。外界から遮断(しゃだん)された空間は、まるで海の底のようだ。辺りも住宅が多いのか、しんと静かだ。

「あの――こういう時の習慣て、分からないんですけど、お願いしたいことがあるんです」

「はい？」

「フィルムとか、焼いたものとかあるでしょう。お金は全部出しますから、一切、こちらに引き取らせて下さい」

その気持ちは分かった。類は、すぐに頷いた。簡単に方針の説明をし、そのまま自然に撮影に入ろうとした。シャッターの音に慣れるためにも、それがいいかと思った。だが、千波は軽く類を制した。そして、薄く頰を染め、いった。

「変なものですね。これから脱ぐとなると、――着ているところを撮られるのが、逆に、逃げ出したくなるくらい羞(は)ずかしい」

準備が出来て、最初のシャッターを押した時、類は、大きな何かが、彼を動かすのを感じた。人の知恵を超えた力をそこに見る思いがした。類には分かった。自分が今、生涯に二度と登ることはないと思った高みに、指をかけていると。

ポーズの指示は、類が出した。膝(ひざ)を抱え、丸くなった姿を、上から俯瞰(ふかん)で撮った。何の説明もしなかったが、それは勿論、死のイメージではない。誕生の姿だった。見た目には冷え冷えとしても、床暖房があるから、肌に酷なポーズではない。連続するシャッター音の雨に打たれながら、内に向けた首をゆっくりとのけぞらせていく千波の、遠い、紅色の唇が小さく震えていた。

　スポットライトを調整して光の道を作り、そこを歩いてもらったりもした。ほとんどは、事前に頭の中にあったイメージだ。指示は多彩でも、時間はさほどかからない。モデルとしての千波も、よく類に応えてくれた。見つめるのはテレビカメラではない。しかし、これもまた、天の時が与えた、緊張と高揚の瞬間だろう。

　途中からは、頭の中に次々と新しい構図が浮かび、それを追いかけるように、シャッターを押した。レンズを通して見つめる千波は、幼女にも少女にもなり、また年老いた。千波のあらゆる一瞬を、この場で剝ぎ取り、固定化したいという不思議な欲求が生まれた。仕上がりがどうかを越えて、自分が彼女と共に人生を過ごし、あらゆることを、今、一緒に経験している気になった。

　レンズで繫がっている限りにおいては、この瞬間、千波は類で、類は千波になっていた。類は思った。——もし、自分が本当に写真家であったなら、このうち何枚かは、モデルになど渡さない。必ず自分で持っているだろう。創造者である自分が、そうして許されるだけの写真が、今、撮れているのだ。

　だが、同時に、どんな作品が出来上がろうと、約束は守り、一枚残らず千波に渡す自分だということも、痛いほどはっきりと分かっていた。今の千波が、どういう状況にあるかを考えれば、当然のことだ。

……それなら、自分は一体全体、写真家なのだろうか。

「お疲れさま」

といって類は撮影を終えた。千波は長距離を走ったような顔をしていた。だが、その言葉は、自分自身にも投げてやりたかった。

スタジオのソファーに置かれた、柔らかそうな色のクッションが誘惑的だった。横になり、もたれかかり、寝てしまいたいと思った。そうして眠り、目覚めれば、きっと幸福な朝が来るに違いない。

だが、現実には着替えた千波を見送り、後片付けをしなければならなかった。

八

ラボから上がって来たフィルムに目を通す。中で、これはというものをトリミングして伸ばす。出来るものなら、入院前に届けたいと思って急いだ。

最後に、台紙を付けた数十枚の大判と、たくさんのL判、フィルムなどを、二つの袋にまとめた。

美々が、持って行ってくれる。

「見る？」

そう聞くと、首を振った。

「プライベートなものだからね」

立ちかけたところで、振り返ってこう聞いた。

「——どんな写真になった？」

類は答えた。

「——いい写真だよ」

美々は、それで全て分かったというように、ひとつ頷いて出て行った。

入れ違いに、玲が帰って来た。玲にも渡すものがあった。

玲は小さい頃、テレビで白黒の映画が始まっても、見ようとしなかった。《チャップリンなら、今の子供でも楽しめる筈だ》——そう思ってつけても、見なかった。《つまらない？》と聞くと、

「何だか、この世の終わりみたいな気がする」

と、答えた。白黒の画面を見た小学生が、《この世の終わりみたい》というのも、立派にひとつの個性だろう。類は、《我慢して見てごらん》といった強制は、一切しなかった。

その玲が、最近、古い映画にも関心を示している。勿論、成長したせいもある。しかし、別に具体的な理由があった。アルバイトだ。週に二日、大学の掲示板で見つけた、渋谷の会社に行っている。

ここでやっていることが、ビデオに打ち込まれた、映画字幕の確認なのだ。《ベテ

ランがやらなくていいのかな?》と思ってしまう。しかし、玲によれば、厳しい試験に通った有能なる者――当人のことだ――がやっているのだから心配ないそうだ。

それで、古い映画に目が慣れたらしい。

「ねえ、お父さんの名前って、昔の俳優から取ったんでしょう?」

「ああ、ルイ・ジューヴェ。フランスの名優だ」

「そうそう、十兵衛さん。その人の映画って、うちにないの?」

昨日、こういわれたのだ。ビデオの棚を引っ繰り返して見つけておいた。玄関に置いてあったそれを、《ただいま》という玲に《ほら》と手渡した。

第四章　泣不動

一

玲は、渡されたビデオを見たが分からない。

「何、これ？」

「張り合いがないなあ。忘れちゃった？」

そこまでいわれて、やっと思い出した。

「あ――十兵衛さんか」

随分前にテレビ放送を録画したものだから、見た目は普通のビデオ。それで、中身の見当がつかなかった。大昔の映画で、題は『舞踏会の手帖』。

「オムニバスなんだ。つまり、短編連作。――昔、自分に《愛してる》っていった男たちを、訪ねて回る女の話。古い舞踏会の手帳に、男の名前がずらっと書いてある」

「へええ、贅沢。より取り見取りだったんだ」

と、いいながら着替えに向かった。

――しかし、向こうからどうこういってくれる男より、こっちがずっと側にいたくなる相手の方がいい、と玲は思った。その点、身近な連中は今ひとつ面白みがない。残念だ。一緒に、展覧会などに行くことはある。しかし、どうも、腹の底から感心するような意見が聞けない。

ストーカーは困る。だが、《君でなければ》という情熱的な目で見てくれる相手もいない。こっちからの視線に、熱いものがないのを微妙に感じ取るのだろう。傷つくのが嫌なのか、引くことの上手な男が多い。

風呂から出てパジャマになり、茶の間の座椅子に座り、ビデオを観た。ルイ・ジューヴェが出るのは、第二話だという。そこまでなら、そんなに時間はかからない。

かつて女主人公と共に、ロマンチックな詩句を朗唱した男、若くして弁護士となった秀才――それが十兵衛さんだった。さぞ将来を嘱望されていたことだろう。だが二十年の歳月を経た今、彼は意外にも、肌も露わなダンサーが踊る、いかがわしいキャバレーの経営者になっていた。あることから、すっかり身を持ち崩し、ギャングたちの法律相談役に成り下がったのだ。射るようなぎょろりとした眼が、何とも冷酷そうで、悪の魅力を漂わせている。そこに現れる女主人公。非情な彼の胸に、忘れた筈の、遠い過去の夢が蘇る……。

あちらのルイの肩に官憲の手が置かれ、第二話が終わる。そこで、こちらの類が、茶の間に現れた。上と下に違うパジャマを着ている。うちの中では、着るもののことを、全く気にかけない。

「どうだった？」

「十兵衛、格好いいよ！　——お父さんと全然、違う」

「がっかりだなあ。観せるんじゃなかった」

——ルイ・ジューヴェは、役者だ。しかも名優だったという。他の役を演じる時は、全く別の顔も見せたのだろう。それはそれとして、戦前という途方もない昔、おじいちゃんが、このフランスの俳優に心引かれたのは分かる。

祖父は、まだ玲の記憶にない頃、亡くなっている。しかし、《その人がいたから、お父さんがいて、わたしがいるのだ》と玲は思う。そしてまた、《この十兵衛さんがいなければ、お父さんも類にはならず、わたしも玲ではなかったのだろう》と考え、不思議な気持ちになった。

第二話の終わったところで、ビデオを止め、焙じ茶をいれていると、駐車場に車の入る音がした。類が迎えに出る。

茶碗をひとつ増やして並べ、香ばしいお茶をついでいると、入って来た美々が、

「ねえ、玲ちゃん、アルバイトしない？」

と、唐突に聞いて来た。

「え、だって、バイトなら、もう二日入ってるよ」

「そんな大変なことじゃないのよ、猫の世話」

椅子に座った美々は、《ありがとう》と茶碗を手にして一口啜り、

「――トムさんとこの猫、知ってるでしょ？」

「ギンジロー」

もう何年か見ていない。随分、大きくなったことだろう。

「その子の世話」

「トムおばさん、どっかに出掛けるの？」

「……ちょっとね。それで、ギンジローのことだけど、今までなら、牧子かさきちゃんが面倒みられたの。だけど、四月から、――さきちゃん、寮に入っちゃうんだよね」

「ああ、そうか」

「その引っ越しがあるでしょ。大学の入学式が八日。だから、《六、七、八ぐらい、誰かにみてもらえないか》っていうわけ」

「そこなら……、うん、大丈夫。まだ授業、始まってない。バイトに行くだけだよ。でも、――何すればいいのかな」

「食事を出すのとトイレの始末。どうやるのかは、さきちゃんに教わっとけばいい。――で、勝手に考えちゃったんだけど、いっそのこと、その三日、トムさんちに泊まってくれない？　二泊三日。――日中、東京に出るんだったら、さきちゃんの自転車がある。駅まで乗ってけばいいから」

その言葉で、さきが住み慣れた場所を離れるという実感が湧（わ）いて来た。

「――自転車も、置いてっちゃうんだ」

愛用のものが取り残される――というイメージが、いかにも、人が去るという感じを与えた。

美々は頷（うなず）き、

「三日だから、行ったり来たりするより、かえって楽じゃないかな。家に風も通せるからさ」

「つまり、留守番だね」

「そういうこと」

読みたい本でも持って行けばいい。これは楽でいい。気分転換になる。さて、バイトといわれたからには、図々しいようでも聞きたいことがある。先に《お父さん、お茶、はいったよ》といっておき、今度は美々に、

「――で、幾らになるの？」

「そうねえ、寝て暮らせばいいような仕事でしょ。どれぐらいがぴったりか、自分で考えなよ」

「……《考えなよ》って、お母さんが出すの？」

どういうわけか、会話の流れが、一瞬、止まった。ややあって、美々が、

「――こっちからトムさんに、伝えるよ。自己評価が、あんまり高過ぎなけりゃあね」

「ふーん」

玲は立ち上がって赤のサインペンを手に取り、カレンダーに印を付けた。六、七、

そして八日まで来て、気が付いた。

「ねえ、――トムおばさん、四月から、朝のニュースやる筈だったよね」

茶碗を手にした類が、横からすっと入って、

「――入院することになったんだよ。まあ、十日もあれば戻って来られるだろう。

――それでもね、何しろ大きな番組だ。最初から穴も開けられない。――今回は遠慮するしかなかったらしい」

「へえ、……世の中、きびしいんだ。じゃあ、おばさん、がっかりだね」

美々のはっきりしない様子について、《そのせいか……》と、何となく納得する玲だった。

「――何の病気?」

「まあ、年を取ると、あっちこっち、気になるところが出て来るからね」

玲は一瞬、《ひょっとして、赤ちゃん?》ということまで、考えてしまった。

二

玲のバイト先の会社は、渋谷のビルの四、五階にある。

四階の方で、字幕を入れる作業が行われている。外国の映画ばかりが対象ではない。日本物でも、最近では貸し出し用ビデオの一部に字幕が入る。そういう場合には、《画面に出ていない人の声が聞こえて来る時は、文字を斜体にする》——などといった決まりが出来ている。

五階には応接スペースや社長室があり、事務、そして字幕チェックもこちらで行われる。

玲は、椅子に座りモニターの画面を見る。手元に台本があり、それと突き合わせるのだ。目で追うのは、文字や記号の間違いだけではない。字幕の出るタイミングもチェックする。

会社としては、何事もないのが一番だろう。しかし、それでは働いているかいがない。玲の方は、誤りを見つけると、《役に立ったぞ》と嬉しくなる。

恋人同士がアイルランドの海岸を行く場面で、口ひげを生やした二枚目が、もの憂げにいう。

——この磯では……。

それがどういうわけか、

——この礎では……。

になっていた。これが玲の、最初に見つけた、記念すべき誤りだった。

寒々とした海岸では、沖から波が次々と駆け寄り、白い歯を剝き出し、黒い岩に嚙み付いていた。鉛色の空には、遠く数羽の海鳥が舞っていた。しかし玲は、高らかに凱歌(がいか)をあげたい気分だった。

画面の下に字幕があり、上の方では、タイムを示す数字が目まぐるしく動いている。一秒は、さらに三十フレームに分割されている。下二桁(けた)の動きは、滝が流れるようだ。止めて、誤りの箇所をメモしておく。

終わったところで報告すると、何人かの人が集まって来て、

「参ったなあ」

などと協議し始めた。自分がここにいた意味があったと思う。

椅子に座っているばかりではない。時には、銀座や六本木の会社に、資料を届けに行く。これはこれで、気分が変わって楽しい。

意外な体験もした。まだ慣れない頃、たまたまトイレに行った時、エレベーターの横の階段を、上からぞろぞろ、人が下りて来た。ビルは十階まである。普通、階段は使わない。それなのに、次から次へと人の列が続いたのだ。

思わず、上司に聞いてしまった。

「あれ、何ですか?」

頭のつるりとした、何となく魚類めいた顔のその人は、袴田(はかまだ)さんという。

「ああ。上の方の階で、防災訓練やってるんだよ」

なるほど——と腑(ふ)に落ちた。いよいよとなればエレベーターも停まるだろう。それ

で、ああいうことをしているらしい。逃げる時の訓練だから、下りるだけなのだ。十階まで上るのは、考えただけでも大変そうだ。

しかし、この袴田さんは、五階まで毎朝、階段で上って来る。少なくとも、玲が来る日はそうだ。

玲は、いつも朝早く出掛ける。いわれたわけではないが、机を拭いたりしている。そうすると、袴田さんが疲労困憊の様子で、ドアを押し開ける。というより、凭れかかって転げ込んで来る。

運動不足なので、この階段上りだけは、毎日欠かさないそうだ。よろよろと歩いて自分の椅子にたどり着き、やっと座って背中を預け、息をつく。

玲がお茶を持って行くと、汗ばんだ顔でにっこりと笑い、

「ああ……、おはよう。……日高さんの顔を見ると、朝が来たって気がするよ」

と、一日の終わりのような声でいう。よほど意志が強いのだろう。しかし、いつか、階段の途中で倒れるのではないかと心配だ。

他には、いつもは部屋にこもりっきりで、時に顔を見せる面長の社長。いささか口うるさい、専務の屋代などが、上役ということになる。

さて、千波の家の留守番——という話があった翌日の火曜。これが、会社に行く日だった。午後からは外回りがあり、戻るともう六時近くになっていた。袴田さんが手招きして、いった。

「ご苦労さん。最後にちょっと、お客さんに、コーヒー出して。——後は、帰っていいから」

お盆にコーヒーカップを並べて、応接スペースに向かう。衝立（ついたて）の向こうで、専務の屋代と来客が話していた。

「失礼いたします」

こちらを向いたのは、鼻と口の大きな、女性だった。黒いジャケットに、てらてらした黒のインナー。はずした赤土色のショールを、手にかけていた。年齢は、五十歳ぐらいか。

カップを置く玲を見て、大きな声で、

「あんたが、日高さん？」

「——はい」

自分のことになるとは思わなかったので、びっくりした。

「専務さんがね、いい子が来てくれたって、随分、誉（ほ）めてたわよ。——気が利（き）くってさ」

「いえ、そんな」

あっさりとは、立ち去れなくなってしまう。女の人は、朝からしゃべり通したような嗄（しわが）れ声で続ける。

「映画が好きなの？」

「はあ……、普通です。特別には……」

屋代が、苦笑いして、

「びっくりしてますよ。いきなりいわれたんで」

だが、女の人は一向に構わず、

「へええ。映画が好きでもないのに、こんなことやってるの？」

玲は、《しまった、いけなかったかな》と、多少、焦りつつ、

「どちらかといえば、写真に興味を持っています」

「――写真？」

相手は、じろりと玲を見た。睨まれたように思えた。

「はい……」

「日高っていったよね」

と、首を屋代の方に向けていった。屋代は頷き、

「ええ。そうです」

黒い服の女の人は、カップを手に取り、コーヒーを啜った。そして、《まずい》というように、ちょっと眉を寄せ、玲を見る。

「写真で日高っていうと、――もしかして、日高類と関係ある人？」

プライベートなことになってしまった。あまり嬉しくない。履歴書には、特に父の職業など書く必要がない。聞かれもしなかった。

「はあ……」

「親戚?」

「父です」

女の人は、そうかと頷き、

「じゃあ、あんた、あの奥さんの子供?」

妙ないい方だと思った。《あの奥さん》も何も、類に離婚歴はない筈だ。誰かと、勘違いしているのだろうか。

「はい」

「そうか。——あたし、あんたんち、行ったことがあるよ」

いきなり、思いがけないボールを投げられたような気がした。

「そうなんですか?」

「二昔も前だけどさ、雑誌の記者やっててね。ほら、日高さん、あの何とかいうの出したじゃない?」

「『北へ』ですか?」

「そうそう、凄かったよね。評判になったなあ。それで、あんたんちに取材に行ったんだ」

屋代が口を出す。

「日高さんのお父さん、写真家なの?」

類の作品は、広告写真に多く使われている。業界ではよく知られている。独特のタッチを好む熱心なファンもいる。だが、一般的な知名度——となると、高いとはいえなかった。

「はい」

「日高類よ。——昔、評判になった人」

黒い服の女の人は煙草に火を点けながら、『北へ』で類の取った賞の名をあげた。若くしてその栄誉に輝くのは、異例のことなのだ。しかし、言葉はこう続いた。

「——でも、それから鳴かず飛ばずね」

玲は、盆を強く握り、

「いえ。色々な仕事をしています」

女の人は、にっと笑い、煙を吐いた。

「あら、ごめんなさい。でも、良さそうな人だったわね。写真集のイメージと全く違ったんで、よく覚えてる。にこにこして、あったかそうな人だったわ。新婚ほやほやだったけど、そのせいだけじゃなかったわね、あれ。——あんたも幸せよ。いい《お父さん》なんでしょ?」

「はい」

「感謝しないと——」

そこに、袴田さんが顔を出した。

「失礼いたします。――社長が戻りました」

《ああ、そう》といって、女の人は、まだ長い細みの煙草を、硝子(ガラス)の灰皿の底に押し付けた。屋代が先導して、社長室に向かう。

玲は、コーヒーカップの盆と灰皿を両手に持ち、給湯室に入った。煙草は、折れた釘(くぎ)のような、くの字になっていた。

会社では、煙草を吸いたい時はベランダに出ることになっていた。そちらには、銀色の傘立てのような、吸い殻入れがある。一月二月の頃、サッシの向こうの、五階の吹きさらしに出て煙を吐き出している人の姿は、いかにも寒々としたものだった。

そちらの吸い殻入れは、専門の人が始末してくれる。ただ、応接コーナーの灰皿のごみは、給湯室の、専用の缶に落としておかなければならない。いつ来客があるか分からないからだ。造作ないことだが、煙草の臭(にお)いが苦手な玲には嫌な仕事だった。

――今の人、また来るのかな。

と、玲は思った。映画かビデオ関係の会社の人だろう。話し好きらしいが、個人的なことまでいわれるのは嫌だった。

三

十兵衛さんのところでストップしていた『舞踏会の手帖』も、後から続きを観た。

出て来る人たちの多くは、《二十年前に戻れれば》と溜息をついていた。女主人公が、舞踏会にデビューしたのは十六歳。玲なら、高校に入った頃だ。今の玲には、それさえ遠い過去に思える。そして《二十年後》は、途方もない未来のことだ。

子供の頃の世界は小さかった。駅に向かう途中で、昔、雑誌を買った本屋さんに入った。沈んだような冷たい臭いが、小学生の頃を思い出させる。

筆記用具を忘れたことに気づいたのだ。電車の中で本を読み、メモしたかった。大学の生協に着くまで、待っていられない。ちょっと入って、ペンだけ買おうとした。その用が済んだところで、レジのおばさんの横にあるものが、目に入った。色とりどりのスーパーボールが、紙の台紙に下がって並んでいる。くじを引くと、当たるのだ。

小さいものは直径三センチぐらいの、ただのカラーボール。一番上の段に並んでいる大玉は、その倍もあり、さらにひと工夫されている。例えば、地球のように彩色されていたりする。

大玉で残っているのは、もう三つしかない。左の薄黄色の玉の中には、ロボットの上半身が入っている。胴と頭は金属製で、両腕が黄緑のプラスチックだ。球形の後ろ半分に、微細な光る点が無数に散らされている。星空を背景にロボットが浮いているようだ。いかにも安物といった感じの作りが、またいい。琥珀の中に閉じ込められた、童話の王子のようだ。

見ているうちに、小さい子が来て三十円出し、くじを引いた。おばさんの渡す厚紙に、切れ目の入った丸が並んでいる。それを引き開ける。開けた裏側に番号が書いてある。

「やったーっ」

男の子は、地球模様の玉を当て、意気揚々と出て行く。

子供の頃なら、三十円は高かったかも知れない。今なら、簡単に出せる。玲は六十円で、二回くじを引いた。ピンクと青の、小さい玉の数字が出た。残念だったが、仕方がない。電車の時間もあるので、急いで駅に向かった。

こうなると気になるものだ。知らなければ何ともないのだが、授業を受けている最中も、まさに今、あのロボットが誰かの手に渡っているように思えて来る。

結局、それから二回、本屋に行き、十一回くじを引いて、ようやくその玉を手に入れた。

机の上に飾ったりしたが、一旦、手に入ってしまえば、もうお店に下がっていた時ほどの輝きは感じられない。あの時、巡り合ったがために魅かれ、空くじが出る度に、貴重なもののように思え、最後には自分の部屋に置くことになった。

——こうなるまでの《どきどき》こそが値打ちなわけで、まあ、恋なんかもこんなものだろうな。

と、醒めたことを考えていた玲だが、週末に千波の家に行くことになり、《そうだ、あの玉！》と思い当たった。さきと落ち合い、ギンジローの世話について教えてもらうわけだ。そこで、しばらくぶりで、ギンジローに会う。

——猫は動くものに関心を示す筈だ。彼の前に、このロボット玉を転がせば、どうなるか。喜んで、じゃれつくのではないか。

そう思うと、本屋でくじを見つけてからの、ことの流れが、意味あるものに思え、嬉しかった。

千波の家までは、電車だと不便だ。美々の運転する車で行く。さきと一緒に、お昼を食べようという話になっていた。

千波の家の駐車スペースには、チョークブルーの愛車が、留守宅を守るようにしっかりと収まっていた。美々は、自分の車を塀に寄せ、路上に停める。

「大丈夫？」

「余裕で、脇を抜けられるからね」

車から降りると、気配を察したさきが、門を開け迎えてくれた。自分の家のように、よく勝手を知っている。あれこれ、説明してくれた。

ギンジローは、日の当たる縁側で、暖まった床板に顎をぺたりと着け、太平楽に寝ていた。お客の足音など全く意に介さない。くうくうと、いかにも平和そうないびきをかいている。離れていても、鼻の鳴る音がよく聞こえた。猫を飼っていない玲には、それが新鮮だった。

「ギンちゃんのいびきって、案外、大きいんだね」

さきは、頷き、

「《何かな？》って思うこと、ありますよ」

猫トイレの前で、後始末のやり方について聞く。すると、いつの間にか寝覚めたギンジローが、後ろからやって来て、会話する玲たちの間をのっそりと抜け、平気でトイレに入って行く。

「堂々たるもんだね」

《起きたのなら》と思って、玲は、着ていた薄手の白いジャンパーのポケットに手を入れる。そこが、飴玉（あめだま）を含んだ頬のように膨れていた。中にあるのは、勿論（もちろん）、あの大玉のスーパーボールだ。

「――遊んでやろうと思って、持って来たんだ」

美々もギャラリーとなり、注目の集まる中、用足しを終えたギンジローは、《すっきりした》とばかりにトイレから出て来た。そのまま、報道陣を引き連れたスターのように、廊下へと向かう。

玲は、横手に回り、ギンジローの目の前に玉を転がしてみた。直径でいうと五、六センチはありそうなスーパーボールだ。かなり重みがある。廊下をごろごろと進む。中に閉じ込められたロボットは、体操選手のようにくるりくるりと回転し続ける。

ギンジローは、音に耳を立て、身構えるようにしゃがみこんだ。しかし、鼻先を玉が行き過ぎても、ちらりと見ただけだった。すぐに首を戻し、口が裂けそうな大あくびをする。追うどころか、その場でぐったりと体の力を抜いてしまった。

「何だ。無視するのか」

せっかく持って来たのに——と、がっかりした玲は、反対側からも転がしてみる。ネズミを追う、俊敏な猫の動作を期待したのだ。だが、ギンジローは関心を示さない。ごろごろとやって来た玉が足先に触れると、いかにもうるさそうな顔をするだけだ。

「虫なんか入って来ると、大騒ぎするんだけどね」

と、さき。美々が笑って、

「まあ、そう、人間の思う通りにはいかないよ」

お客様ではない。留守番役だから、台所も使える。三人で、お茶をいれて飲むことにした。

さきが、布地の黄色いバッグを持って来て、中から絵葉書を出して見せた。不思議な像の写真だった。カラスの化け物のように見える。だが、赤茶色の耳が頭の脇からだらりと垂れている。ぎょろりと目を剝き、黒い羽毛の生えた腕を、何かを抱くように胸に向けている。

気味が悪い。しかし、妙に愛嬌（あいきょう）もある。

「何、これ？」

「佐倉のね、歴史民俗博物館に行ったんです。そこの絵葉書コーナーにあったの」

「ふーん」

美々が、三つのカップに紅茶を注ぎながら、

「さきちゃん、民俗学やりたいんだよね」

「はい」

「大学行く時、まずやりたいことがあるっていいわよね」

さきの祖父、つまり牧子の父親は高校の教師だった。その傍ら、ずっと民俗学の研究をしていたという。そういう祖父の愛読書のうち何冊かが、今は牧子の本棚に並んでいた。

そんな繋がりから、さきは民俗学に興味を持ち始め、入門書を何冊か読んだ。

そして、《この勉強をしてみたい》と思ったわけだ。そのために選んだ大学に、見事、合格出来た。春休みは予習期間ともいえる。《よしっ》とばかりに、かねて行きたいと思っていた、千葉県佐倉市の歴史民俗博物館に足を運んだ。

この奇妙な怪物の絵葉書が、そこでさきを待っていたのだ。

美々は裏を返し、

「《外道を調伏する安倍晴明　模型（外道のうち）》って書いてある。……安倍晴明って、あれでしょ、ほら、あれ……」

玲が、記憶の助け舟を出す。

「――陰陽師」

「それそれ」

一昔前は、一般的な言葉ではなかった。だが、最近では、映画の題にもなっている。

「このカラスみたいなのが安倍晴明じゃないよね。――《外道のうち》っていうから、これ、やっつけられる化け物メンバーの一人だ。ええと――外道って一人なのかな、一匹かな？」

玲が、写真や美術に興味を持っているから、持って来て見せたという。確かに造形的に、面白い。

「このデザインって、何か元があるのかな？」

「それらしいのはあったんです。絵巻物」

「はあ」

「調べたら、安倍晴明が絵になってるのって、珍しいんですって。あんまり描かれていない。『泣不動縁起（なきふどうえんぎ）』っていう絵巻物が一番、有名みたい。その中の晴明さんが祈ってるところに、これみたいなのが出て来ました」

美々が聞く。

「《泣不動》って何、お不動様が泣いてるの？」

「そうなんです」

「お不動様って、恐い顔してるんじゃなかった？　手に剣か何か持っててさ、背中で火が燃えてる。いつも怒ってるんだよね。――泣くようなタイプじゃないでしょ？」

「ええ。それが泣くから面白いんじゃないかな」

　美々は納得して、

「不動の目にも涙か。──どうして、そんなことになったの」

「徳の高い名僧がいて、とっても苦しい病気になったんです。安倍晴明がみたけれど、首を横に振って《これはもう助からない。死期が迫っている。治すことは、とても出来ない。ただ、代わろうという人さえいれば、病気は移せる》といったんです。そうしたら、弟子の、まだ若いお坊さんが身代わりを買って出たんです」

　玲は、釈然としなかった。高徳の僧でもどんな人でも、命の重さは同じだろう。

「──若いお坊さんには母親がいて、泣いて反対します。でも、お坊さんは《これが仏の教えにかなうことです》といって、身代わりとなる道を選ぶ。病気の移し替えが終わり、お坊さんは苦しみながら祈る。その姿を見た不動明王の画像が、血の涙を流し始めた。そして、──《わたしがお前に代わろう》といったんです」

　美々は、ゆっくりと紅茶を飲み、

「……お坊さんの身代わりは、お師匠さんに生きていてもらいたいから。二回目のお不動様は、そういう風に誰かのことを思う、──人の心に動かされたわけだね」

　さきは、頷きの繰り返しで答えた。

　玲は考える。──お坊さんにとって、自分が死んだ後も師が生きている──ということは、死後の生を得たのに等しい。となれば、永遠の命を手に入れたのと同じなのだろう。誰だって普通は、《自分》が一番大切だ。その自分を捨てられるほどの、《何か》を見つけられたらどうか。その場合は、人間にとって最大の恐怖である死からも解き放たれるのだろう。考えれば羨ましいようでもあり、怖いようでもある。

「それで、お不動様はどうなっちゃうの。まさか死なないんでしょう？」

「一応、地獄に行くんだけれど、お閻魔様がびっくりして、《どうかお帰り下さい》ということになったの」

その後、さきが入る寮の話などをした。さらに玲は、ポケットの上からスーパーボールを撫でつつ、《ギンジローに、無視されて残念》——と、いったところで、ふと思いついた。

「階段の上から、転がしたらどうかな。スーパーボールだから、随分、はずんで下りて来るでしょう。《何事か》と思うんじゃない？」

手間のかかることではない。《やってみようか》ということになった。美々は、流しでカップを洗う。玲とさきが、実験に向かった。

ギンジローは、廊下で横になっている。二人が来ても、ちらりと見るだけだ。玲は、その横にあぐらをかいた。さきが玉を持って、とんとんと階段を上がって行く。

すぐにも二階から、ロボットの入った大玉が、元気よく跳びはねながら下りて来る——筈だった。ところが、そうならない。

「——どうしたの？」

さきの、押し殺したような声が返って来た。

「ちょっと、こっちに来て下さい」

四

玲は、反射的に立ち上がった。

階段の上は鉤(かぎ)の手になり、二階の廊下に続いている。下からは、先の様子が見通せない。何事が起こったのか分からない。

玲は、さきの不安げな声に引かれて、そろりと段を踏んだ。自然と腰を落とし気味の用心深い体勢になる。

途中から首を伸ばして見ると、さきは春の光の溢(あふ)れる窓の横手に膝(ひざ)をつき、表の通りを覗(のぞ)き見ている。

「……何なの?」

玲も、さきの呼びかけのこだまのように、小さな声で聞く。さきは、ギンジローの頭でも撫でるような手つきで、玲を招いた。窓のこちら側の端に、玲も膝をつき、外を見た。

さきがいう。

「あの人……」

通りの斜め向かいに、男が立っていた。くすんだ感じの背広に、綿ぼこりを固めたようなセーターを着ている。他にもいいようはあるだろう。しかし、ぼさぼさの髪や、よれよれのズボンなどから、セーターまでそう見えてしまう。

「何？　――悪質訪問販売？」

それなら随分前、玲の家にも来たことがある。《回覧板に載ってた手口だよ！》などと、美々が話していた。

学校から帰って来た玲が、会話に加わり、

――インターホン押してさ、《すいませーん。悪質訪問販売ですがー》っていってくれたら、分かりやすいのにね。《あ、悪質訪問販売さん。それだったら、今、間に合ってます》《そうですか、じゃあまた今度ー》って。

といった。類も美々も、あははと笑い、《本当にそうだねえ》といったものだ。

「違いますよ。あれ、《スズキさん》です」

「スズキ……？」

「ストーカーじゃないかしら」

「ええっ？」

わけの分からない話だ。

さきは、あの男と近所のファミレスで会った話をする。

「順番待ちの紙に《スズキ》って書いてあったんです。その時、どこかで見た顔だと思いました。でも、この街であんな人に会ったことなかった」

「でも、現にいるじゃない？　――あそこに」

「そうなんですよ。だから、この街の人じゃなくって、どこかから来てるんです。きっと、――トムおばさんのストーカーなんです」

「どうして？」

「このうちを見てる。それで思い出したんです。――二月に、青山のライブに行ったでしょ？」

「うん」

「あの時、お客さんがみんな、正面向いてるのに、一人だけずっと、トムおばさんの顔、見てる人がいたんです」

「本当？」

玲は、全く気がつかなかった。当然だ。いわれた通り、まさに正面を向いていたのだから。

さきは、じれったそうに、

「そうなんです。《変だなあ》って思いました。でも、何しろ、青山にいた人でしょ、まさか、こっちに来るなんて考えない。《スズキさん》と繋がらなかった」

「そりゃあそうだ」

「でも、ファミレスにいたのも、きっと、このうちに寄る前か、後だったんですよ。で、

《もしかして、トムおばさんのストーカー?》って思った途端、ライブのことが浮かびました」

「よしっ」

と、叫んでみたが、特別な決断をしたわけではない。階段を駆け下りて、《お母さん、お母さん》と美々を呼んだ。そして、バッグからデジカメを取り出し、二階に向かう。

男はまだ、通りにいた。石塀の前に立ち、不精髭の生えた顎に右手をやり、左手はポケットに入れている。うまいことに、二階からの視線に気づいてはいない。じっと、門の鉄柵越しに玄関を見ている。その印象に鮮やかさはない。しかし、足元の辺り、石塀の下とアスファルトの間のわずかな土には、生き生きとした緑が、たくましく伸びていた。黄色の絵の具を筆先に含ませ、点々と置いたように、タンポポの花が開いている。

玲は、カメラを望遠にして、被写体をぐっと引き寄せ、シャッターを押した。男のいる場所は、前の家の影になっている。しかし、日中の屋外だから、問題なく撮影出来る。上からの視点が人物を撮るのに不利でも、離れた斜め向かいだ。顔の感じは十分につかめる。

「何よ」

下から、美々が上がって来た。さきが、手短に先程の話を繰り返す。

玲は、続けて何枚分かのシャッターを押しながら、《ストーカーにしては、執着よりも、寂しさを感じさせる姿だな。だからといって油断しちゃいけないけれど》と思った。

男は、まるで玲がカメラを下ろすのを待っていたように、両手をポケットに入れ、離れて行った。

《あ、逃げちゃう……》と、さきがいいかけたのと、美々が、

「玲、行くよ」

と、いったのが同時だった。美々はそのまま、とんとんと階段を下りて行く。

「え？」

わけが分からずにいる玲に、さらに下から声がかかった。

「――追いかけるっ」

さきと顔を見合わせてしまった。まさか、そこまでやるとは思わなかった。

後に続くと、美々は手早く上着を引っかけ、バッグを持ち、靴を履きかけている。

「大丈夫、おばさん、危なくない？」

「――行く先を突き止めたいだけだから。あ、ごめん、お昼、一緒に食べられない」

勢いに引きずられて、玲も続く。門を押し開けると、道の先に《スズキさん》の背が見えた。随分ゆっくりと、辺りの風景を味わうように歩いている。

「あの車だな」

と、美々がいう。男は、路上駐車した紺の車に向かっているようだ。確かに、この

街の人間でなければ、《車で来た》と考えたくなる。そう考えれば、さきが近くのファミレスで会ったのも頷ける。いかにも、車でやって来た人間が食事に入りそうなところだ。

玲と美々は、停めてあった小豆色の軽自動車に乗り込み、そっとドアを閉めた。《スズキさん》は、案の定、紺の背の高い車に近寄って行く。ドアに手をかけたところで、振り返り、それから、中に乗り込んだ。

「こっち見てたよ。この車が気になったのかな」

「さあね」

美々は、そういいながらエンジンをかける。

紺の車はすぐに動き始め、前の信号で左折のランプを点滅させた。そこを曲がると広い道に出る。

信号が変わり、《スズキさん》の車が左に消えた途端、美々は、猛然と軽をダッシュさせた。玲は《うわあ》と、小さく悲鳴を上げる。

楽々と青信号に間に合った。曲がると前方に、紺の車が見える。すぐ後ろにつく。運転席の上に《スズキさん》の頭が出ているのが見えた。尾行にしては、あまりに露骨過ぎるだろう。間に一台ぐらい挟みたいところだ。

前の車は幹線道路に出、しばらく行ったところで、左に入る合図を出した。美々が、後に続きながら、いう。

「高速に入るんだな」

《スズキさん》の車は、東北自動車道の南下する路線に入った。東京方面だ。

「お母さん、凄いね」

「何が？」

「よく、すぐに飛び出せるね」

美々は、こともなげに、

「即断、即決、即行だよ」

といい、やや間を置いて、

「……トムさんの気持ちに、嫌な波の立つようなことが許せないんだよ、今」

玲は不安になり、右にいる美々の顔を見る。

「そんなに悪いの、トムおばさん？」

美々は、ちょっと口を尖らせ、

「――ううん。手術は簡単でね、すぐに帰って来られる。でも、病気は病気だからね」

玲は頷き、

「――やっぱり、ストーカーなのかな？」

「青山のライブにもいて、こっちまで追っかけて来るんなら、こりゃあ本物臭いよ。

――第一、《スズキ》なんて、いかにも怪しい」

「なんで？」

「偽名っぽいじゃない」

玲は、ちょっと考え、

「それは変じゃない？」

「どうして」

「だって、別に――《お前は誰だ》って問い詰められたわけじゃないもん。そういう時にさ、《わたしはスズキです》って答えたんなら、嘘かも知れない。――でも、ファミレスで偽名なんか使う必要ないよ」

「あ、そうか」

「怪しい奴だって先入観があるんじゃない？　お母さん」

「うーん。まあ、そうだけどね。――玲ちゃん、頭いいね」

「今頃、分かったの？」

車は、分岐点から首都高速の方に向かう。高架になり、目の位置が高くなる。視界が変わる。玲は思わず、

「わー、東京まで行っちゃうよ。ドラマみたいだな」

「いざとなったら、携帯で警察にかけてね」

「そこまでの事件になるのかな――」

といいかけて、玲は気づいた。《事件》という言葉から連想したのだ。

「――ねえ、四月になったね」

「うん」

「トムおばさん、朝のニュース観たのかな?」

「観ないわけには行かないよ」

「つらくないかな?」

「つらくっても観るよ。……《観た》ってさ」

「あ、聞いたの?」

「こっちから、何かいったわけじゃないよ。手術の後、お見舞いに行ったんだ。そうしたら、《今朝、観た》って」

「そう……」

「四月の新番組だから、ちょうどスタートが四月一日なんだよね。……トムさん、いってた。《笑っちゃうよね。エープリルフールだよ。——そこのドア開けてさ、誰か入って来て、これ嘘だって、いわないかな》って」

右手には大きな川が流れている。対岸に東京が広がっている。遠く高いビルが、棒グラフのように見える。よく晴れた日だ。

高速道路だというのに、渋滞が始まっていた。めざす紺の車は、間に二台を挟むようになっていた。完全に停まったままになるほどではない。しかし、進み方は遅い。

玲が、ふと左の車線に目をやると、不思議な文字が目に入った。

——カナシイ。

車体にそう書かれたトラックが並走していた。うっすらと埃に覆われたクリーム色の地に、ゴシックの太い字体で記されていた。《おかしいな》と思ったが、すぐに謎は解けた。後ろの三字を繋げれば、こうなる。

――店務工カナシイ。

要するに、進行方向から字が配列されているのだ。こちらから見るから妙なのだ。反対側に立って車体を眺めれば、《イシナカ工務店》と書かれている筈だ。カナシイ車が、つかず離れず走っているのは、変でおかしい。玲は、カメラを出してそのトラックを何枚か撮った。

美々に聞かれた。

「面白いもの、あった？」

千波の、あんな話の後で、《カナシイ写真》を撮っているのが、何となく不謹慎に思え、玲は《う、うん》と曖昧な生返事をした。

トラックは分岐点で、左の車線を直進し、遠くなって行った。玲たちの軽は右に折れ、高い橋の上を渡る。そして、林立する建物の間に入って行った。東京には毎日のように来ていたが、車で――というのは初めてだった。そういう玲の目には、新鮮な眺めだった。大都市が、普段とは別の顔を見せたようだ。

五

《スズキさん》の車は、やがて首都高から降り、下の道に入った。信号が多くなったから、ついて行くのが大変だ。美々の運転の腕というより、幸運のせいで、何とか見失わずにすんだ。

「ああ……、これは、もしかすると、もしかするよ」

「なあに？」

「行き先が、見えて来た」

意外だった。会ったこともない人の、向かう場所が分かるものだろうか。

「どこ？」

美々は答えた。

「――トムさんの職場」

玲にはよく分からない。しかし、千波の勤める放送局の方向に進んでいるらしい。

「そんなことって――」

「あるよ。――同じ職場の人間がストーカーになるなんて、珍しくないだろう」

大きな建物が見えて来た。紺の車は、駐車場のあるらしい入口で、左折の合図を見せた。美々は、軽を並木の側に寄せる。同じように停めている車が何台かある。しばらくなら大丈夫だろう。

前の様子をうかがうと、入りかけた《スズキさん》の車に、警備員が寄って来る。窓を開けてのやり取りがあり、すんなり中に入って行った。やはり、関係者らしい。

「行こう」

と、美々。

「行くの？」

「歩いて跡をつけよう。せっかく、ここまで来たんだもの」

玲は、警備員に目をやり、

「あの――おじさんに何か聞かれたら？」

「《アナウンサーの、石川千波の知人です》っていうよ」

「来た理由は？」

「何とかいうよ。――何ともならなかったら、そこであきらめたらいい」

それも理屈だ――と、納得させられる玲だった。車を降りると、美々は堂々と入口に向かう。制服のおじさんに何かいわれることはなかった。玲が横目で見ていると、おじさんは、進入車両だけをチェックしているらしい。人間までは止めない。

門をくぐると広い前庭があり、緩やかなスロープの道が大きな正面玄関に続いている。庭の向こうにも、別の門が見える。出入りする人の数は、そちらの方が多そうだ。駅に近いのだろう。

駐車場を見やると、やがて《スズキさん》が姿を現した。紙袋を両手にさげている。中に仕事の資料が入っているのだろう。やはり、《スズキさん》はここで働いているらしい。姿はまだ遠い。

「こっちに来る。——玄関に入ったところで、声をかけよう。そこならいい」

いよいよか——と思いつつ、玲がおうむ返しに聞く。

「——《そこならいい》の?」

「多分、受付でチェックされる。今時の会社なら、どこでもそうなってるよ。こっちは、すんなり入れない。あっちは、どんどん先に行く。そうなったらおしまいだよ」

「ああ。だから、入ってすぐ——」

「そう。——ロビーなら、周りに人目もある。向こうも変なこと出来ないだろう。ここの職員だったら、なおさらだよ」

そんな作戦会議が行われているとも知らず、当の《スズキさん》がやって来る。すっすっという早足だ。千波の家の前で見せた歩調と、全く違う。よれよれの背広が、玲たちの前を通り過ぎる。美々が目配せをし、二人で後に続く。

玄関の大きな自動ドアが左右に開く。美々の予想通り、広いロビーのすぐ向かいに、受付が見える。

ドアの閉まる音を背後に聞いたところで、美々が声をかけた。

「あの——すみません」

前を行く人は、足を止め、くるりと振り向いた。そして、ごく普通の調子で、

「——僕ですか?」

と、答えた。土曜の午後の母娘(おやこ)連れだ。スタジオ見学者と思ったに違いない。《どちらに行ったらいいのでしょうか?》という、ありふれた質問を想定したに違いない。

だが、美々はいう。

「はい。——わたし、石川千波の友達です」

そこで初めて相手の顔に、とまどいの色が浮かんだ。

「……石川さんの?」

「そうです。——どうしてあなたは、石川さんのうちの様子をうかがっていたんです?」

単刀直入だ。男は、悪戯(いたずら)を見つけられた子供のような顔をした。

「まさか……。埼玉から、ずっとついて来たんですか?」

「ええ」

男は、わずかに身を引き、いった。

「……驚いたな」

美々は、言葉を切りながら、ゆっくりという。

「石川さんは、今、体調が悪いんです。——この上、気持ちの方にまで、おかしな負担のかかることは、していただきたく、ないんですけれど——」

男の顔が曇った。

「よくないんですか？」

「病気ですから。――よくはないです」

無愛想な返事が、男にこたえたようだ。

「それは……怪しい奴に見えたでしょう。いや、やってたことは、実際、怪しい。でも他意はないんです。石川さん、四月からの番組から降りたでしょう。普通のことじゃない。……どうしたのかと、本当に心配だったんです。それでつい、あっちに足が向いてしまった」

口調は、まともだった。聞いていると、妙な人とも思えない。男は、目でロビーに並んだ長椅子を示した。三人でそちらに向かう。玲と美々、その隣に男が腰を下ろした。脇に大きな観葉植物の鉢がある。すぐ脇の掲示板には、テレビ番組の大きなポスターが貼(は)られていた。

「――といいます」

男が名乗った。《よく聞き取れない》という美々の様子に、ポケットをさぐり、名刺を出して渡した。美々は、それを見て、

「ディレクター？」

「ええ。この四月に、北海道から着任しました」

美々は、玲と顔を見合わせた。

「二月に青山で見かけましたけど――」

正確には、その時気づいたのは、さきだ。

「あ、あの時もいらしたんですか？」

「ええ」

「打ち合わせや何かで、何回かこちらに来ていました。あの日もそうだったんです。午後、廊下で石川さんとばったり会ったんです。――新人の時、僕、こっちで研修したんです。僕は新卒で、石川さんは、上にいらした大先輩なんです。十何年ぶりでした。また話せるようになるとは思っていませんでした。――その場で世間話をしました。《夕方から青山のライブに行く》っていうんで、興味がありそうな顔をして聞きました。――《場所、教えて下さい》って」

「興味があったのは、ライブより石川さんの方？」

「そりゃそうです。懐かしかったんですよ。若かった時の、憧れの人ですからね」

「それで、壁際からずっとあの人を見てたわけ？」

男は、悪びれずにはっきり答えた。

「ええ、そうです。そうなんです。昔のことが――何でもないようなことまで、――こう、何ていうか、溢れるように蘇って来ました」

美々は、刑事が尋問するように、

「じゃあ、三月に、石川さんのうちの前まで来たのは？」

ファミレスで見かけたという情報があるだけだ。そこから先は推測だが、相手は箇単に乗って来た。

「あ、――それも知ってるんですか」

美々は澄まして、

「今日だけのことじゃないから、追って来たんです」

「何かするんじゃないかと思って？」

美々は遠慮なく頷く。男は、はっとするような、寂しい笑いを口元に浮かべた。そして、いった。

「何もしませんよ」

小さく、首を横に振り、続けた。

「――正式の着任は四月一日ですけど、瞬間で切り替えられる仕事じゃないんです。あの時も、必要があって、こっちに来てました。そうしたら、《石川さんが四月からニュースをやる》って耳に入ったんです。――月曜までに北海道に戻る筈でした。その前に、ひと言、《おめでとう》といいたかったんです。――あの人にとっては、ただの異動じゃなかった筈ですから」

「だけど、石川さんが休みだった。それで、うちまで来たわけ？」

「そうです」

「住所は、何で分かったの？」

女性アナウンサーに関する個人情報は、特に厳重に管理される筈だ。まだ着任もしていない男が、簡単につかめるものだろうか。

「前にもいいましたけど、就職してから、まず東京で研修期間があったんです。二年間です。下働きしながら、スタジオを駆け回ってました。その時、手帳に、職場の人の住所録を作ったんです。変わってなければ、そこだと思いました」

「住所録があるんなら、電話でよかったんじゃないの?」

「――いや、《おめでとう》がいいたいっていうのも、実際に、じゃないんです。ただ、――中学生みたいですけど、心でいいたかったんです。だから、石川という表札を見て、それに向かって、お祝いしただけです」

「煮え切らない話ね」

「他の人にはね、そうでもないんですよ。――でもね、石川さんは特別です。何しろ、僕が新人で、それこそ、右も左も分からなかった頃、全国放送の画面で、きらきら輝いていたアナウンサーですからね。小学生と大人みたいなものです。スタジオの大先輩ですよ。――きびしかったけど、後で役に立つことを、色々いってもらいました」

千波は、彼にとって雲の上の存在だったことになる。十歳ほどであろう年の差も、そう思わせたに違いない。実際に千波が大学生の頃、男はまだ小学生だったろう。

男は、脚の間に置いてあった紙袋の紐(ひも)をつかみ、

「すみません、これから収録があるんです。逃げるわけじゃありません。本当なんです。――もし、まだ気になることがあったら、いつでも電話して下さい。お答えしま

すから」

　そして、立ち上がり、一歩前に出て振り返った。

「――石川さんのところに行ったのは、ただ自分の気持ちを納得させるためでした。お祝いするにしろ、心配するにしろ、とにかく《何かの行動はした》という意味でね。でも、こんな風に、あなた方に追いかけて来られると、――《ひょっとしたら、何分何厘かは、あの人に見つけてもらいたかったのかも知れない》と思うようになりました。――そんなの、潔くないですよね。安心して下さい。もう、あの街に行ったりしませんから」

　真面目な男が、真剣になり過ぎると、かえって、おかしなこともしかねない。だが、この人物なら、今の言葉に責任を持つように思えた。

　美々も、立ち上がって、

「分かりました。――日高といいます」

と、名を告げた。玲も続いて立ちながら、思った。――普通の対話なら、名乗らずに始められない。いわなかったのは意識してだろう。ここで、《日高》と口にしたのは、一応、彼の話に納得したということだ、と。

　男は、軽く頷き、視線を落として、つぶやいた。

「朝のニュースを降りることになったのは、本当に残念でしたよ。……石川さんとは、忘れられない京都の夜があったんで……」

美々は、大きな目をさらに大きく見開いた。だが、男はそのまま、早足で受付のチェックする向こうへ行ってしまった。

自動車に戻る途中で、玲がいった。

「あの人の名前、何だかよく聞き取れなかったけど……」

美々が、男の名刺を渡した。珍しいことに名字に振り仮名が振ってあった。

――鴨足屋（いちょうや）良秋。

「《イチョーヤ》。これで《イチョーヤ》って読むんだ」

「初めて見たよ、そんな名字。耳で聞いただけじゃ、分からないね」

「ああ、それでか！」

と、玲は納得の声を上げる。

「何なの？」

「あのファミレスで書いた名前のことよ。漢字にしたら読めないし、片仮名で《イチョーヤ》なんて、どこの国の人かと思われる。――あの人、きっと子供の頃から、首をかしげられるのに慣れてるのよ。だから、《スズキ》って書いたんだわ」

「ああ、なるほど」

「この名刺、きっと本物ね」

「うん。ごまかしてる感じじゃなかったね」

帰りの車の中でも、話題はもっぱら鴨足屋さんのことだった。

玲はいう。

「研修の時って、大学出立ての頃でしょ。そんな昔の住所録、今も大事に持ってるんなら、やっぱり、トムおばさんのこと、相当好きだったんだよね」

「そりゃそうだ。――だけどショックだったな」

「何が？」

「最後のひと言だよ。よくもいってくれたよ」

「ああ……。あれか、京都の夜……？」

「うん。それまではさ、いかにもうぶな坊やの片思いって感じだったろう」

「まあ、トムおばさんだって、子供じゃないんだからね。色々あって当たり前だよ」

「娘にいわれたくないね、そんなこと」

「へえへえ」

車は、行きに通った、あの大きな橋に差しかかっていた。道は、帰りの方が少し空いていた。

「……四十越してるんだから、何もない方が不自然かも知れない。でも、トムさんだけは、てっきり男っ気なしで来たと思ってた」

「大学の頃は？」

「浮いた噂も、なかったなあ。同世代の男じゃトムさん、物足りなかったんじゃないかな。強いからね。――あの人の好みは、ずっと年上のおじさんなんだ。勤め出した頃、そんなことといってた。――要するに、《これは》と思うような相手が、大体、結婚してるって状況さ」

「じゃあ、不倫の道、一直線？」

「ところが、潔癖だから、そんなの考えることも出来ないんだよ。父親か年の離れた兄貴みたいに、頼みにした上司がいたらしい。だけど、男と女の関係じゃなかったんだ。そのうちに、朝のニュースやるようになって、生活が人と逆になっちゃったろう。――ようやく、それが終わったら、今度はお母さんの介護。――結局、仕事以外に付き合う相手がいないような人生を送ってる――と、ばっかり思ってたんだ、こっちは。トムさんにも、一回ぐらい何かあってほしいと、神様にお願いしたかった。――でも、年上どころか、新卒の子と《何か》あったんだね。――心配して損した」

六

さきには、《謎の男はトムおばさんと同じ職場の同僚だった》と伝えた。《好意を持っているのは間違いないが、これといって危なそうなところのない常識人に見えた》といっておいた。

「身元も確かめといたからね。変なこと、しには来ないよ」

そういうと、さきも安心したようだった。

さて、留守番の仕事で、一番、大変だったのは、実は早起きだった。いや、《早起き》というより《早起こされ》だ。否応なしに、ギンジローがやって来る。お腹が空いたというわけでもなく、とにかく人恋しいようだ。顔に顔を擦り付けて来る。寝ていられるわけがない。

あくびをしながら台所に行って、テレビを点ける。椅子の上にちょこんと座ったギンジローが、聞き耳を立てているように見えるのもおかしい。

一般のニュースの後には、遠い四国の、金毘羅歌舞伎について伝えられた。若い女性アナウンサーが朝の実況に立ち、ビデオの映像も使って話していた。

――ここ讃岐琴平の、四月の風物詩として、すっかり定着した金毘羅歌舞伎、今年もその季節がやって参りました。

朝は、昨日買っておいたパンと紅茶ですませようと思っていた。ガス台のお湯がしゅんしゅんと沸騰した。ポットを温め、紅茶の葉を入れ熱湯を注ぐ。香りが広がる。

若いアナウンサーは、東京のスタジオと、はずんだ声でやり取りをしている。

――今年の四国は、春が遅れました。でも、おかげでいいことがひとつあったんですよ。

――何でしょう?

――桜です。例年ですと、散った後で歌舞伎になるんです。今年に限っては違います。全国からいらしたお客様に、お芝居だけでなく、満開の桜もご覧にいれることが出来ました。

——なるほど、それは良かったですね。

——金毘羅歌舞伎の後半には、あちらこちらで見事な花吹雪が見られるかと思います。桜と共に、四国、琴平からお伝えいたしました。

ギンジローが、ふいっと顔を背けた。玲が食事の支度をしているのを察したのか、《俺にもよこせ》とばかり、椅子から飛び降りる。中年猫のギンジローだから、軽やかに、というよりは、どすんと、という感じになる。

キャットフードの用意をしながら、玲は思った。

——今頃、トムおばさん、病院で、このテレビ観ているんだろうな。

七

玲の、大学三年の授業が始まった。そろそろ、卒業後のことも考えないといけない。入学した頃には、三年生など、はるか年上のおじさん、おばさんに思えた。取り敢えずは、受験で疲れた頭をのんびりさせたかった。ところが、ゆったりくつろいでいるうちに、早くも三回目の春を迎える。時間は、待ったなしに過ぎて行く。

鴨足屋さんの記憶も、少しずつ薄らいで来た。

千波の家の二階からデジカメで撮った写真は、顔立ちのはっきり分かる一枚を選んで、プリントした。恋人の写真のように、定期入れに収めてある。

毎日使う定期は、お金やカード類とは別にするよう、美々からうるさくいわれていた。定期だけなら、落としても戻ってくる——と、これは若い頃、自分がいわれたことらしく、また実際、落として戻って来たことがあるらしく、美々はしつこくいうのだ。

その定期入れに鴨足屋さんの写真を入れ、持ち歩いているわけは、いつか千波と会った時、見せる機会があるかも知れない——と思ったからだ。ただし、画像処理をし、背景は消しておいた。場所が千波の家の前だと、分からないようにしたのだ。ストーカー問題は脇に置き、この人がいまだに千波に心を向けていることだけ、そっと伝えておきたかった。

無論、おせっかいである。別れるには別れるだけの理由があったに決まっている。しかし、鴨足屋さんの後ろ姿は、大事な落とし物をしそうな人に見えた。年齢はずっと上なのに、何だか、そういう男の子を見るような気がした。要するに、ほっておけない気がしたのである。

ただ、そんなおせっかいを考えていたのも、一週間ぐらいのことだった。いつの間にか定期入れの写真の存在自体、忘れるともなく忘れていた。

千波の退院は、美々から知らされた。毎日、テレビ局に出勤していると聞き、ひと安心した。さきは神奈川の寮に入り、大学生活のスタートを切った。

それぞれの四月は、やがて、それぞれの五月になった。春も終わりだ。時には、もう日差しが暑く感じられる。玲が、渋谷の会社に、臨時の遅番で出たのもそんな日だった。

別のアルバイトの子が、突然、休むことになった。《可能なら、明日、手伝いに来てくれ》と頼まれた。三年生になると、授業時間のやり繰りも随分と楽になる。無理をしなくても、出られる日だった。

八

十一時台の駅は、放課後の学校のように空いていた。玲は、上りのホームを、乗り換えに便利な前の方に歩き出す。駅舎の屋根の影が切れて、明るく日の差す境目に来た。上から照明を当てられたように、ホームのコンクリートが、白く浮き出て見える。

虫が歩いていた。

目を凝らすと、羽蟻(はあり)だった。一匹ではなく、そのすぐ先にもいた。虫を見るのに慣れた視線を、暗い方に戻した。すると、今まで日陰が保護色のようになっていた足元の、あちらにもこちらにも、ラップの切れ端のような羽を持つ、腹の膨れた蟻が動いている。羽蟻が発生したり、移動したりする時期なのだろうか。

玲は、虫が苦手ではなかった。だから叫びはしなかった。しかし、あまり、気持ちのいい眺めではない。踏まないように避けながら、前に進んで、電車に乗った。

会社では、もう慣れた仕事を、疲れることもなく、簡単にこなした。夕方、コーヒーを出すようにいわれ、社長室に行く。お客さんは、前に応接コーナーで会った、鼻と口の大きな女の人だった。

好みなのか、今日も黒い服を着ている。たまたま前と同じものなのか、それとも色だけが似ているのかは分からない。

コーヒーのカップを出しかけた玲は、前置きもなしにいわれた。

「結構、活躍してるみたいね、《お父さん》」

また、個人的なことをいわれてしまった。悪気はないのだろう。しかし、愉快ではない。受けようもなく、目礼してカップを置いた。社長が、

「何です？」

と聞く。

「――この子の《お父さん》、写真家なのよ。日高類。あんまり目立たないようなこと、いっちゃってね。――あれから、そっちの関係の人に聞いたら、結構、いい仕事してるらしいの。《失礼しちゃったわ》っていうお詫び」

社長は、縞の背広の襟に手をやり、

「ああ、そうなんですか」

女の人は、この前と同じ嗄れ声で続けた。

「その日高さんがね、この子のお母さんと結婚した――というわけ。あたし、新婚ほやほやのところに、取材で行ったんだ。大きな賞を取ったんで、その取材。――日高さん、賞と奥さんと子供と、一度に手に入れちゃったのよ。我が世の春だったわね」

　言葉が、玲の身にじわりと染み込んで来た。

「――この子がねえ、ぽかぽか日の当たった廊下を、ちょこちょこ歩いてて、とっても可愛かったわ。本当よ。あの時の子が、もうこんなになるんだからねえ……」

　この前は、いわれた。――《いいお父さんなら、感謝しろ》と。子供なら誰でも、親に感謝すべきだろう。なぜ、わざわざそんなことを口にするのか。おかしな人だと思った。その意味が、炎天のアイスクリームが溶けて崩れ、中の棒が見えるように分かって来た。

　どうやって社長室を出たか覚えていない。《あら、知らなかったの。悪かったかしら》という、軽い声を聞いたようでもあった。そんな調子でいわれた、という思いが、玲の耳に響かせた幻聴かも知れない。

　――何を馬鹿なことをいっているのだろう。

と思った。しかし、自分にとって、思ってもみないことでも、いわれてみればあり得ることだ。

　袴田さんと何かやり取りをし、やり残したことを機械的にこなし、会社を出た。その間の時間の感覚が、奇妙なほどない。

気が付くと、電車の席に座って、大学でこのアルバイトの掲示を見た時のことから思い返していた。

——あれを見なければ、あの場所には行っていない筈だ。勤めていても、今日、代理で出て来なければ、あんな言葉は聞かなかった。いや、夕方、外回りの用があれば——と、電車が揺れ、駅を幾つも過ぎる間、およそ無意味な思考を繰り返した。毛糸の玉をほどいてはまき返すようなことをしても、今という時は変わらない。

玲は、『北へ』の中の一枚の写真、山中の夜明けの写真に、目を背けたくなるほどの、荒々しい力を感じていた。白く濃い霧の渦巻く風景に、一日の初めの光が差していた。成長と共に、それは、父と母が、その前夜に結ばれたのだろうという直感に繋がっていった。自分は、まさに、その時、この世に生を受けたに違いないという、厳(おごそ)かな確信があった。

その思いも、単なる独りよがりの幻だったのだろうか。

——いや、自分は玲だ。

その響きは、父の名の《類》があってこそ生まれた、こだまのようなものだろう。玲は、それを今まで当然と思い、疑ったこともなかった。だが、冷静に考えれば、繋がりを証明する科学的な材料では、勿論、あり得ない。

確かと思っていたことが揺らぐという、それが恐ろしい。

告げられたのは、十二分にあり得ることだ。結婚したばかりの家に行き、もう歩いている子がいても、普通は遠慮して、わけを尋ねはしないだろう。だが、聞き手の人柄や、話の成り行きで、その子について語られることも、ないとはいえない。

玲は、胸の中で《お父さん》と繰り返してみる。浮かぶのは、日々を共に過ごした類の顔だ。不思議なほど、実の父親への思いは湧かなかった。《父》としての類を失う喪失感の方が、桁違いに大きかった。

苦しいにつけ、哀しいにつけ、玲が感情をぶつければ、全てを受け止めてくれるのが父だった。類の存在は、寒風の吹き抜ける外に対して、安心出来る居間だった。幼い頃から、そこではいつも身を投げ出してくつろげた。

写真を撮り始めた時にも、そうすれば類が喜ぶかも知れない——という思いが、どこかにあった。

——これからお父さんの顔を、今までと同じように見られるだろうか。

そう考えただけで、哀しい笑みを浮かべた類が、薄暗いところに遠ざかるような気がした。

アルバイトの掲示を見ていなければ——から始まる繰り言を、さらに何度も重ねるうちに、電車はいつの間にか東京から埼玉に入り、玲の降りるべき駅に滑り込んでいた。

混雑するホームに立ったが、改札口へ向かう気になれない。ベンチに腰を下ろし、行き所のなさを感じた。騒々しいアナウンスを何度か聞き、通り過ぎる何本かの電車を目にした後、ふと思いついて、階段を上った。いつもは使わない線に乗り換える。四駅目で降りた。春休み、さきの自転車に乗って走った道を、記憶をたどりながら、ゆっくりと歩く。

日が延びた五月でも、もう辺りはすっかり暗い。夕方の終わりというよりは、夜になっていた。

向かったのは、千波の家だ。玲の降りる駅から電車を使うと、これだけ面倒なことになる。その距離感が、今はかえって有り難かった。いるかいないか、携帯で聞いたりしなかった。取り敢えず、歩き出したかった。

九

あと、五分ぐらいあれば着ける——というところで、電話を入れてみた。千波が出た。玲は名乗って、これから行っていいか、と聞いた。

「いいわよ。今、どこ？」

千波が、いつもよりゆっくりと話しているように思えた。

「近くまで来てるんですけど——」

そう口にしてから、夕食時であることに気づいた。

「美々ちゃんも一緒？」

首をかしげているような、千波の調子だった。

「いいえ、一人です」

口調は取り繕いようがなく、沈んでしまう。母と古い付き合いのトムおばさんなら、今、自分の胸にのしかかっている件についても、よく知っている筈だ。わずかなほのめかしだけで、何故（なぜ）、自分が来たかを察するかも知れない。それならそれでいい。察してもらった方が、話しやすい。

「どうかしたの？」

「……あることを、人に聞かされたんです。わたしのあることについて」

千波は、一拍置いていった。

「御飯、食べた？」

「いえ」

「一緒に食べない？　一人でも寂しいから」

食欲はなかったが、そういわれると空腹は感じた。欲求とは別に、何か入れた方が、体にはいいのだろう。素直に《はい》と答え、携帯のスイッチを切り、しばらく歩くと、もう千波の家だった。

「いらっしゃい」

出迎えた千波は、玄関先の明かりのせいか、肩先に力がないように見えた。自分の暗い気持ちが、そう見せるのかと思った。

千波が先に立って、台所に招く。途中から、懐かしい香りに気づいた。

「夕方、帰って来て、今ね、さばの味噌煮を作っていたの」

「ああ……」

学食でも、家でも食べる。日常の、最も、ありふれたおかずのひとつだろう。

「秋さば、冬さば、春さば——なんていうけど、今は一年中あるものね。——何だか、急にこれが食べたくなっちゃったのよ」

どういうわけか、突然、ある食べ物を無性に欲することは、玲にもある。千波は続けた。

「——牧子の作った詩を、ふと思い出したの」

「牧子おばさん、詩もやるんですか」

千波は、笑って、

「詩っていうより、替え歌だな」

平たい鍋のさばを、木杓子を使って皿に移しながら、千波が小声で歌い出した。

——月の砂漠を　さーばさばと……

玲は、聞き慣れた文句が途中から変わったので《あれっ?》と思った。

千波は、皿をテーブルに置いて、続けた。

——さばのー　味噌煮が　ゆーきました。

玲は小さく笑って、

「さばの味噌煮って、足がないのに、どうやって歩くんでしょうね？」

「飛んで行くのかも知れないよ」

「おかしいけど、……何だか哀しい。曲のせいかなあ」

千波は、温かい御飯と豆腐の味噌汁を出してくれた。

「まあ、――なかなか、人生、《さばさば》とはいかないからね」

「これが、牧子おばさんの作詞なんですか」

「そう。――さきちゃんが、まだ小さい頃、台所で歌ってあげたらしい」

「さばの味噌煮を作りながら？」

「うん」

食べながらの話になる。胃の辺りが重いけれど、少しずつなら入る。

「《もう忘れてるか》と思ったらね、寮に行く前の晩、さきちゃんが、この歌のこと、いい出したんだって」

「……さば、食べてたんですか？」

「わたしも、そう聞いた」

「思いますよね」

千波は頷きながら、

「でも、食べてたのはカツだって」

「ああ。……出発だから、縁起物？」

「らしい。――でね、そのカツを食べながら、味噌煮の歌の話をしてくれたって。――何だか、しみじみ嬉しかったって」

「……」

「本当に小さな、次の日になったら忘れちゃうようなことだよね。――でも、そんなちっぽけな思い出が、どういうわけか、いつまでも残ったりする。――小さなことの積み重ねが、要するに、生きてくってことだよね。そういう記憶のかけらみたいなものを共有するのが、要するに、共に生きたってことだよね。――早い話が、玲ちゃんがおばあさんになって、台所でさばの味噌煮を食べる時、ふっと、わたしのこと思い出してくれるかも知れない。その時わたしが、短い時間でも、そこに蘇るんだ。――《どう、味噌煮、おいしい？》って」

十

「おいしいです」

「ありがとう」

お茶になった。玲は、薄手の茶碗から立ちのぼる湯気を見つめながら、いった。

「わたし、聞いちゃったんです」

千波は、慎重に次の言葉を待っている。その様子に、玲は、《確かめに来たようない方をしては、いけない》と思った。そんなことをしたら、トムおばさんを、不当に苦しめることになる。

「――わたしの父のことです。今日まで、《お父さん》が《お父さん》だと思って来ました。だから、正直いって、頭がぐらぐらするようで、自分の足場が、急に無くなったような気がするんです」

千波は、ゆっくりといった。

「お父さんに聞いたの？」

「いいえ。バイト先で、いわれちゃいました。事情を知ってる人が、たまたま来ちゃって……」

「お父さんから聞きたかった？」

「それは……」

誰からでも、知らされたくはなかった。

「でもね、お父さんお母さんからでも、もっと早く、――例えば小学生の頃、聞かされていたら、ショックは、ずっと大きかったと思うよ」

「……はい」

あの頃の生活範囲は、今と比較にならないほど、狭かった。それだけ、家や親が、心の中で占める領分も広かった。

「だからね、ここまで、いわずにいてくれたのは、間違ったことじゃないと思う。

——それから、忘れちゃいけないことがある。夫婦という横の繋がりは別として、親子という縦のことだけ考えたらね、玲ちゃんには、類さんと、それから美々ちゃんがいる。でもね、——類さんには、玲ちゃんしかいないんだよ」

「…………」

「人が生きていく時、力になるのは何かっていうと、——《自分が生きてることを、切実に願う誰かが、いるかどうか》だと思うんだ。——人間は風船みたいで、誰かのそういう願いが、やっと自分を地上に繋ぎ止めてくれる。——でも、そんな切実な願いって、この世では稀なことだと思って来た。——母親は、——わたしの母親はね、そう願ってくれたと思うんだ。愛してくれたんだよ、わたしのこと。でも、その母親が倒れて介護をしてて、どうにもつらくなった時、わたしはね、《逝ってくれたら》と思ったことがある。——それだからね、——《わたしがこの世に生きていることを、誰も切実に願ってはくれない》と思って来た。《それが当然だ》とね」

間は空いたが、返事のしようがなかった。ややあって、千波は続ける。

「——職場にも、知り合いは大勢いる。《わたしが生きてた方がいいですか?》ってアンケート取ったら、多分、ほとんどの人が、イエスと答えてくれる。——でも、そういうこととは違うんだ。胸の内から湧き出る、本当の、ぎりぎりの真情をこめて《生きていて》と願ってくれる人なんて、誰もいるわけない——と思ってた」

思いがけない方に、話が進んでしまった。

「牧子おばさんや、うちの母もですか?」

「そりゃあ、悲しんでくれるとは思うし、泣いてくれるとも思った。でも、結局は他人なんだし、今いったような、ぎりぎりの切実さはないと思ってた。――不人情じゃない。悪いことでもない。それが、当たり前だと思ってた。人間てそういうもので、そうでなけりゃ、世の中、やってけないと思ってた。――でもね、今度の手術の時、色々、世話をしてくれた牧子が、病室から帰りがけに、ちらりと振り返った。その目に、《生きていて》っていう願いがあったんだ。例えば、《自分の腕一本とでも引き換えにして、わたしに生きていてもらいたい》って感じ。――びっくりした。後から来てくれた美々ちゃんにも、そんな感じがあった。意外だったなあ」

はた目に強い人間と見えた千波は、自分を実際以上のエゴイストと感じていたようだ。そして、その思いを裏返すように、自分を、一人だと思っていたらしい。

「――で、ね、玲ちゃん。あなたという風船は、確かな、頼れる手がつかんでいる。美々ちゃんもそうだし、類さんもそうだ。これだけは、何があっても揺るがない」

「……はい」

「知りたくないことを、知らされちゃうことってある。それは、とってもつらいけどね、でも取り敢えずは生きていかなくちゃならない。――玲ちゃんをつかむ類さんの手は、絶対に確かなものだ。大事なのは、そのことだよ」

「それは分かります。でも、わたし、……まず今日、うちに帰って、父の顔を、昨日までと同じように見られない気がするんです。それがつらいんです。……いっそ、わたしが気が付いたって知らせた方が、まだすっきりするんでしょうか」

「――その必要はないと思うよ」

「……」

「そうなったら類さんが、今のあなたと同じようになる筈だよ。どうやって、玲ちゃんの顔、見たらいいかと思う。――二人で気を遣い合うより、一人だけの方が、まだぎくしゃくしないだろう」

「……そうですね」

「何が本当かっていえば、玲ちゃんと類さんが親子だっていうのは、もう、本当以上の本当なんだ。その本当にくるまれて、玲ちゃんは大きくなった」

千波は、テーブルの向こうからぐっと身を乗り出し、顔を近づけた。

「――これからは、あなたの方が、その《本当》で類さんをくるんであげる番じゃないかな」

「はい」

「ね、今、類さんにどんな顔するより、先のこと考えたらどう？」

「……え？」

「いつか、玲ちゃんが結婚する時が来たら、どうしたって話は出るでしょうよ。その時、黙って、類さんにしがみついてあげなよ。《お父さん、ありがとう》っていう、何よりのお返しになる、いい顔してさ」

やり取りの内容もそうだが、微妙なことを打ち明けて話せただけで、玲の心は幾らか軽くなった。千波が車で、玲の街の駅まで、送ってくれることになった。電車で帰って来たように見せるため、わざと家までは行かない。

玄関先で、玲は定期入れの写真を思い出した。車の鍵を持ってやって来た千波に、抜き出して見せた。千波は、ごく軽くいう。

「あら、鴨足屋君」

やはり、同僚に間違いないらしい。《何で、こんな写真持ってるの？》と問われ、その先は車中の話になった。

「渋谷の街で、たまたま見かけたんです。――この人、青山のライブの時、ずっと見てたんですよ、トムおばさんのこと」

「え？　――ああ、そういやあ、来るっていってた。来たら、こっちを見てたかも知れない。――でも、よく覚えてたね、その顔」

「印象に残りますよ、真剣に見つめてましたから」

「そう？　――あたし、年下にもてるのかな」

玲は意気込んで、

「お付き合い、してたんですね？」

「あたしが、鴨足屋君と！　あたしが！」

千波は、からからと笑った。そして、いう。

「名前が変わってるから、覚えてただけ。――見たんでしょ、十も下の坊やよ。馬鹿馬鹿しい」

わけが分からなくなってしまった。

家に帰ると、玲は自分の部屋に引っ込んだ。一人になりたかったせいもあり、ひたすら、パソコンに疑問をぶつけた。鴨足屋さん宛ての、手紙を書いたのだ。書き上げてしまうと、実際に出す気になった。

第五章　吹雪

一

鴨足屋良秋は、玲からの手紙を受け取った。正確にいうなら、封書が机の上で、良秋を待っていた。

最近では、事務連絡や取材先からの手紙も、メールですまされることが多くなった。まして、東京に着任して、まだ日が浅い。良秋の机に配られる封書の類は、それほど多くない。

手に取って、《日高　玲》という差出人の名を見ても、最初は誰か分からなかった。ペン書きの女文字は、若さを感じさせる。しかし、使われているのは白の角封筒だ。一般視聴者からのお便りにしては、こちらの姓名をきちんと書いている。どこかで聞いた名字だと思ったが、見当がつかなかった。

読んでみて、局の玄関で問い詰めて来た親子連れの一人、——黙って、脇で話を聞いていた娘の方と分かった。悪い印象は、全くなかった。病気の千波に、あれだけ真剣に支えてくれる友達のいることが、むしろ嬉しかった。

自分の、不用意にいったひと言が、意外な受け取られ方をしたと知り、不謹慎ながら笑ってしまった。

社宅に帰ると、早速、返事を書いた。

拝復

お手紙をいただき、驚きました。あの時は、いいたい思いがあって、時間の方がありませんでした。自分では、分かり切っていることなので、頭も尻尾も落とし、「京都の夜」という言葉だけ、投げ出すようにいってしまいました。それから、急いであの場を後にしてしまいました。

なるほど、おっしゃるような印象を与えたかも知れません。いや、客観的には、そう考える方が当たり前かも知れません。でも、違うのです。わたしは、妄想を抱いているわけでも、いい加減なことをいって逃げ出したわけでもないのです。

お伝えした通り、わたしは、東京での研修期間中、石川さんに、色々とお世話になりました。

最初の出会いは、エレベーターの前でした。後ろ姿を見ただけで、これがあの石川千波さんだと思い、自分が本当にテレビ局に入ったのだと実感しました。

そのうちに、企画会議がありました。わたし達新人にも、何か企画を出してみろという指示がありました。正式なものというより、腕試しの意味合いで——でしょう。朝のニュースの後にある、特別番組の企画です。男で、学生でしたから、それまで全く見たことのない時間帯です。

一所懸命、考えました。

お茶の間の、誰にでも興味を持って見てもらえ、最後には微笑ましくも温かい気持ちになってもらえるものを——と考えました。そして、「夫婦喧嘩を覗いてみれば」という企画を立てました。

これが酷評されました。

当時の上司が、わたしの使った「覗く」という言葉を全否定したのです。「夫婦喧嘩を覗く」という姿勢が、実に卑しいというのです。「そんな気構えの者は、別の放送局に行け」といわれました。後から様子を知ると、随分と力を持っている人だったようです。皆、頭を下げて嵐が過ぎるのを待っているようなところがありました。

ところが、石川さんが「内容は、決して卑しくない」といってくれたんです。「タイトルのことだけで、企画全体を否定するのはおかしい。それはそれ、中身は中身で、きちんと批評すべきだ」と。

十何年か前です。今から考えれば、石川さんもまだ若かったわけで、よくいえたものだと思います。

そして、「京都の夜」のことです。秋に、京都を巡って、一日一か所一週間、紅葉とお寺を訪ねる企画がありました。ディレクターと、アナウンサーの石川さん、それから見習いのわたしがおまけのように付いて行きました。時間を書いた紙を現場で見せたり、機材を運んだりしました。現地のスタッフがいますけれど、そこは研修ですから。

中継は、いうまでもなく朝です。マイクを持って、石川さんがしゃべります。長い時間ではありません。ただ、仕事はその数分間だけではないのです。打ち合わせは前日からあります。時には、お寺さんや現地のスタッフと意見の合わないこともあります。そうなると長引く。夜になれば、打ち合わせという名の飲み会になったりもしました。石川さんは、疲れも見せずに、真剣にそこでもやり取りをし、朝になれば、前の晩、ほとんど寝ていないことなど顔にも出さず、マイクを持ちました。

そんな、夜明け近くのことです。

ごろごろ人が寝てる中で、起きているのが、わたしと石川さんだけになりました。「大変ですね」と、声をかけました。朝にはマイクを持つアナウンサーなのに、石川さんは、お酌をして回っていました。注がないわけにもいかないのです。皆に、気持ちよく仕事をしてもらうためです。そして、自分は飲まない。アルコールだからではない。夜、水分をとると朝、顔がむくむそうです。

わたしも、研修期間中、色々と嫌な経験をしました。でも、どちらかといえば無我夢中で過ごした、といえるでしょう。本当のストレスがのしかかって来たのは、北海道に着任してからです。研修と仕事は、やはり違います。ほとんど飲まなかった酒も、あちらで自然に覚えるようになりました。

ところが、第一線で働いていて、ストレスならとうに山ほど背負っている筈（はず）の石川さんが、酒どころか水分まで抑えていた。自分を、きちんとコントロールしていた。勿論（もちろん）、それは氷山の一角です。気をつけて見ていると、様々なところで「プロだなあ」と感じさせられました。

　敬意と、それから生意気ですが「いつも、こんなに張り詰めていて大丈夫なのかなあ」という思いをこめて、ふと口をついて出た「大変ですね」でした。

　京都泊まりの最終日でした。疲れていた二人の視線が、テーブルの食べ散らされた酒の肴（さかな）の上でからみあいました。石川さんは、やがて、ふっと笑いました。そして、「大変でも、自分は頑張れる」といったのです。

　普段、自分を語ることのなかった人です。わたしが、研修が終わればどこに行くか分からない新人だからこそ、いえたのでしょう。こんな話でした。

「——どうしてかというと、抱えている思いがある。朝のニュースを始めた頃、大きな事件があった。その時、画面の向こうの人たちにニュースを伝えたのは、わたしではなかった。わたしは、カメラも向けられず、ただ脇に座っていた。それは心に刺さる大きなトゲだ。それがあるからこそ頑張れる。いつかは、自分でそのトゲを抜けるようなアナウンサーになりたい」

こっちの目をじっと見て、話してくれた石川さんは、何だか、必死になってマラソンをしている、一本気な中学生のようでした。寝不足で、感情が揺れやすくなっていたせいか、妙に鼻先がツンとしました。

それが、ぼくにとっての忘れられない「京都の夜」です。

局の玄関でお会いした時、「石川さんと朝のニュース」の話をしました。これは、その件についての、忘れることの出来ない思い出です、そこでつい、説明不足のまま、ぽんと言葉を投げ出してしまいました。申し訳ありません。

ぼくが、石川さんの四月からの仕事に特別な関心を持っていたわけも、以上で、お分かりいただけたかと思います。

二

良秋は、《石川さんが、大事な時に体調を崩されたのは本当に残念です。しかし、あの方のことです。また次の機会をつかみ、より大きな仕事をなされることと確信しています》と書き、ちょっと考え、《お母様にもよろしく、お伝え下さい》と付け加えた。

また何か来信があるかと思い、封筒には、社宅の住所を書いておいた。すると、次の手紙は《お母様》の方から来た。《事情は了解した。ついては石川さんのことで、会ってお話ししたい。電話をいただけないだろうか》という内容だった。急いでいるような調子だった。乗り掛かった舟という感じもあり、知らされた番号に連絡をとった。

良秋が飲みに出るのは、大抵、渋谷だった。広い街だ。知り合いと顔を合わせることもないだろう。しかし話題が、千波のこととなると、何となく気が引けた。相手が都合がいいという、北千住で待ち合わせた。

ビルの中の豆腐料理の店に入った。おつまみ風のものをとり、日本酒を頼んだ。美々は、生ビールだ。

そろそろ、春も終わりである。美々は重いジョッキを握り、最初からごくりとビールを飲む。

「娘へのお手紙、わたしも見せていただきました」

「はい」

良秋も、当然、そうなるだろうと思っていた。

「……意外でした」

「はあ?」

美々が、じっと見つめる。良秋は、よく行く飲み屋の前の、タヌキの置物を思った。あの日は真ん丸だ。目だけ取り出すと、この人に似ている。

「《朝のニュース》の件、わたし達、この春、聞いたんです。石川さんが、人事異動のことをいい出し、こんな思い入れがある、と語ったんです。確か、その時、《今まで、誰にも話したことがない》といってました」

「ああ、なるほど。——そりゃあ、ぼくが数の内に入ってないからですよ。向こうはとうに忘れてるんです」

美々は、少し間を置き、

「……でもね、それは、あの人にとって大事なことなの」

からむタイプかと思った。しかし、酒がまわるにはまだ早い。

「勿論ですよ」

「それをね、黙っているのがあの人らしいの。——いい加減に、誰にでも胸の中のことを話すような人じゃないんです、千波は」

そんなことをいわれても、実際、この耳が聞いたのだから仕方がない——と、良秋は思う。美々の方は、おかまいなしに続ける。

「——それをいったということはね、千波はね、聞いてもらってもいい、と思ったんですよ。——あなたになら」

「はあ……」

「いい？　あの人、わたし達には十年以上、いわなかったのよ」

良秋は頷き、

「そりゃあ、あなたが放送局の人じゃないからですよ」

美々は、首を振った。

「つまらない理屈だわ。――つまらない」

「そうですか」

「ええ」

美々は、しばらく、揚げだし豆腐を食べた。器が空になると、顔を上げ、

「あなたは、千波をどう思っているの？」

「尊敬してますよ」

「だからさあ、――普通、尊敬してるだけで、何度もうちの前に行ったりしないでしょ」

良秋は、ちょっと考え、

「いやあ、するんじゃないですか。弟子入りしたい時とか――」

「違うって。――何いってんのよ！」

「はあ」

「あなた、新人で入って来た時、千波に憧れたんでしょ。それでね、自分のものにしたいと思わなかったの？」

集合の時、エレベーターの前で、よく一緒になった。廊下を歩いて行くと、エレベーターホールに、女にしては背の高い千波の、今よりも細い背中を見たものだ。髪は、昔も短かった。そういう時、湧き上がって来るものはあった。

「いやあ、でも、ぼくなんか……」

「——千波がいってたわ。毎日、テレビを点(つ)けて観(み)てる内に、話しかけられてるような気分になる人がいるんですって。そういう視聴者が、《愛してる》って手紙をよこしたり、プレゼントを贈って来たりする。困ったものよね。——その一方で、現実に会ってる男どもは、《あの人には、もう誰かいるんだろう》って遠慮ばかりしてる、って」

「そりゃあ、石川さんなんかじゃ、そう思われますよね」

美々は、腕組みをしていった。

「——三十振袖(さんじゅうふりそで)、四十島田(しじゅうしまだ)」

「は？」

「聞いたことある？」

良秋は、首を横に振った。

「いいえ」

「島田って、日本髪。結婚式の時のやつ」

「ああ……」

「女が、三十で振袖着たり、四十で島田に結ったりする。そういうのを笑ってるのね。——年相応でないことをしたり、格好になったりすると、風当たりが強かったのよ、昔は」

美々は、ぐいっとビールを飲むと、ジョッキを置き、

「あなた、今、誰かとつきあっているの？」

話の方向は、大体見えた。

「いえ。──そりゃあ、この年ですからね、前にはそんなこともありましたけど──」

「《そんなこと》は北海道に、置いて来たのね。今、誰ともつきあってなくて、あれだけ千波のことが気にかかってる。──だったら、真剣にアタックしてみたらどうなの」

「……」

「そりゃあね、四十越した女なんて、論外だっていうんなら仕方がない。こればっかりは、強制出来ない。──でもね、そうでもない気がするのよ。千波は今でも、いつになっても千波だから、魅力的だと思う。だから、こんなことといいたくなる。──それにね、あなたって焦れったくて歯痒いけど、どうも悪い人じゃなさそうだわ。これは女の直感。──でね、その年で北海道から、中央に呼び戻されるんなら、きっと仕事だって出来るんでしょうよ。何より、千波が、自分の胸の内を明かした人なら、間違いなさそう。──あ、これって千波に頼まれて、いってるわけじゃないわよ。それは誤解しないで。あの人は、そんなこと、全く考えてないみたい。だから、アタックしてみて、花と散る可能性は大有りなのよ。それでも、やってみて、といいたい。──頭を下げても、そうお願いしたいのよ」

「どうしてですか？」

美々は、ゆっくりと答える。

「……あなたとのこと、《全く考えてないみたい》といったでしょ。でも、それって千波が、自分で気がついてないだけかも知れない。……もしかしたら、あの人、胸の奥の深いところで、あなたのこと待ってるのかも知れない」

良秋は呆れて、

「そんな、大昔の少女コミックみたいな……」

美々は、眉を上げる。

「読んだことあるの？」

「――ないですけど」

三

「いい加減なことといわないでよ」

どちらが、いい加減なんだろう――と思ってしまう。

「大袈裟じゃなくね、あの人って、部屋に鍵かけながら開けてくれる男を待ってるところがあると思うの。それも、かなり頑丈な鍵。――あなたも、《あの人なら、男は幾らでもいそうだ》と思ったんでしょ。でもね、逆なんだなそれが。色んな条件がね、こう……複雑に重なったせいもあるのよ。それでね、動きが取れなくなっちゃった。多分、あの人、この年まで、男とちゃんとつきあったことなんかない。――何よ、その首の動かし方は！」

「あり得ないですよ、今時、そんな話」

「それは、あなたの理屈でしょ。あの人のじゃないわ」

「でも――」

良秋は笑いかけて美々の顔を見、相手を映す鏡のように、真剣な表情になった。美々は、ジョッキの取っ手をつかんだまま、いう。

「あのね、――《そんな女、天然記念物だ》とか、《世界遺産だ》とかいったら、この中身を浴びせて、空になったところで、ゴツンといくからね」

良秋は、憤然とする。

「ぼくはね、そんなことといいっこない人間です。だけどね、――あなたの方は、そういうことしかねないな」

美々は、肩の力をすっと抜き、

「やらないわよ、本当には」

「――大体、そっちこそ、よく、そんな台詞（せりふ）思いつきますね」

美々は、頭を下げる。

「ごめんなさい。――嫌な男なら、こういう時、どんなことというか、頭の中でシミュレーションしちゃうのよ」

　手を伸ばして、良秋の杯にひたひたと酒を満たす。《嫌な男》が同じ職場にでもいたのだろうか、と——思いながら、良秋は酒を受ける。

「でも、正直なところ、四十越してそれだと、ちょっと恐い。……大抵の男なら引きますよ、それ」

「うん。その辺の感じは分かるんだ。わたしだって、ここまで人生やってるからね。でもね、これだけはね、ちゃんといっときたかったんだ。——本当のところは分からないよ。でも、あの人には、そう思わせるところがある。そういう、あの人の独りぼっちのところも含めて、温めてやれる、大きさのある男がいたらいいな——と思うんだ」

「ぼくは、そんなに大きくないですよ。それに、石川さん、今、病気でしょ」

　美々は、黙って頷いた。

「——気が弱くなってると思いますよ。こんな時にどうこういえませんよ。付け込むようで——」

　美々は、丸い目をさらに大きくし、右手でテーブルを叩いた。

「付け込めばいいじゃないの！」

　良秋には、意外な切り返しだった。言葉は続いた。

「——こだわるポイントがおかしいわ。いい、あなた、倒れてる人の財布を抜こうとしてるんじゃないのよ。人にはね、付け込んで欲しい時だってあるのよ」

それから数日、良秋は、千波のことがずっと気になった。しかし、たまたま廊下で出会う——ということもなかった。

休みの日の朝、久しぶりに御飯を炊いた。

社宅といっても様々である。所によっては、部屋のバスの他に大浴場まであったり、格安料金の食堂を利用出来るらしい。良秋が入ったのは、ごく普通の味もそっけもない和室六畳にキッチン、クロゼット、押し入れ、バストイレ付きというものだ。

北海道の暮らしが、十年以上になってしまった。実家が静岡なので、向こうの冬は異世界のようだった。こちらに来られて、ほっとしている。関東の生活も、しばらく続くことだろう。急がず、一、二年の間にマンションでも探して入ろうと思っている。社宅は、それまでの繋ぎだ。

自炊となると、朝は大体、パンですませていた。しかし年のせいか、時には炊き立ての御飯も食べたくなる。思いついて、一人暮らし用の炊飯器——というのを買ってみた。やってみると、量の方は、何と半合、茶碗一杯分くらいから炊ける。時間の方は、早いコースを選択すれば十五分で出来上がる。文明の利器だ。

ただ、こういうものは、毎日使わない限り、次第に棚の飾りになってしまう。この点では、健康器具に似ている。せめては、小袋で買った米が古くなり過ぎないうちに、炊くようにしている。

おかずは、味付け海苔と納豆だ。これは、大抵、冷蔵庫に入っている。夜、ちょっと飲もうという時は、手間いらずの肴にもなるわけだ。

納豆は、おなじみの発泡スチロールめいた手触りの白い容器に入っている。蓋を取り、たれと辛子を絞り、自棄になったようにかき回した。十分に糸を引いたところでテーブルに置く。

インスタント味噌汁を取ろうと、椅子を立つと、パジャマの上着の端が、納豆の、白い容器に触れた。何しろ、軽いものだ。すっと動いて、テーブルから下に落ちて行く。

あっと思った。

頭の中に、床のちょっとした惨状が浮かんだ。粘り気のある納豆を始末するだけでも、嬉しくない。しかも、今朝のメインのおかずが消えてしまう。

ところが、視線を下にやると、白い容器はきちんと上を向いて着地していた。朝から、床に這って掃除する必要はなくなった。

——ラッキー！

と、良秋は小さくつぶやき、容器をテーブルに戻した。そこで、そのまま動きを止めた。

——幸運か。——これが幸せか。

仕事は面白い。ずっと興味を持ち続けて来た。《好きなことが仕事になるのなら、これほど羨ましいことはない》と、人にもいわれた。確かに、そうだろう。着任した土地ということもあって、特に北海道の歴史上の歩みには関心を持ち続けて来た。それが評価されたのだろう。戦後史の大きな特集を組む動きがあって、こちらに呼ばれた。やりがいがある。

だが、家に帰った時の、自分の幸せとは所詮、この上を向いた納豆か。この程度のことなのか。

辺りは、しんと静かだ。その時、耳に、札幌で聞いた吹雪の音が蘇って来た。遠い、ある夜の、白い風の鳴る響きだ。

男一人の台所で、納豆の容器を睨んで、立ち尽くしている姿は滑稽だろう。だが、良秋の思いは深く沈んだ。

――こういう小さな喜びを、馬鹿にしてはいけない。そこには疑いようのない真実がある。空が晴れただけで、はずむように嬉しいことはある。だが、どうだろう。もし、ここにあの人がいたら。――自分は、声をあげてあの人を呼ぶだろう。そして、これを小さな奇跡のようにいう。あの人は、《何をつまらないことで騒いでいるのか》と笑う。

まさに《奇跡》を思うように、良秋は、その笑みを宙に描いた。

食事の支度もそのままに、気が付くと受話器を手に取っていた。良秋は、日常、ほとんどかけることのない実家の番号を押した。家には、年齢よりも若く見える母がいる。当人に手術の経験は、ない。しかし、千波と同じようなことで入院した知り合いがいるかも知れない。

　幸い、電話には母が出た。しばらくぶりでも、そこは親子の気安さである。単刀直入に聞いてみた。母は一瞬、沈黙した。しかし、《なぜ、そんなことを聞くのか》と、問い返しはしなかった。そして、踏み外してはならない道を示すように、一語一語、ゆっくりといった。

「胸に手術をすることの重みはね、男の人には絶対に分からないよ。……いいえ、女だって自分がそういうことにならなかったら、本当には、分からないんだと思う」

　友達にそういう人がいたという。今はすっかり元気になり、普通に働いている。母はその友と接しているうちに、色々なことを考えたのだ。言葉は続いた。

「……もし、お前の側に、そういう人がいるんなら、気楽に慰めたりしちゃいけない。そういうことは、本当に心の通じ合った人間にしかできない。言葉がどうこうじゃないよ。気持ちが重なっていたら、そこにいるだけで力になれるもんだよ」

　休み明け、良秋はアナウンサーの控室に顔を出し、目の合った相手に、千波のことを聞いてみた。このところ、定期的に時間休を取っているという。

「ええと、今日は、録音の予定が入ってます。午後から来る筈ですよ」

　そして、

「――何かあるんですか？」

「いえ、ちょっと」

答えになっていないが、それ以上は聞かれない。千波が、ナレーションを入れるのは美術番組だ。作業の大体の終了時間を確認する。その頃には、良秋の体も空きそうだった。

四

夕方、録音ブースの前の、廊下の長椅子に座っていると、予想した時間より大分遅れて、千波が出て来た。色とりどりの付箋（ふせん）の付いた台本を抱え、水のペットボトルを手にさげている。

良秋は、長椅子から立ち上がり、

「お疲れさまです」

「……あら」

こちらを見た顔からは、しばらく前まであった筈の、ふくよかさが消えていた。その意味では、新人の頃に言葉を交わした、あの石川先輩の、鋭さが戻っている。だが、この前、会ったのはいつだったろう。退院した後、一度は見ているから、ひと月ほどになるだろうか。その時に、この鋭さはあったろうか。

「鴨足屋です」

千波は頷き、

「分かってるわよ」

「この後、空いていらっしゃいますか？」

「どちらかといわれたら、空いてるわ。帰るつもりだったから」

良秋は、ぎこちなくいった。

「……一緒に、夕食でもいかがですか？」

近くで見ると、千波の目元に、寝不足の時のようなやつれがあった。その目の色が、ふっと柔らかくなった。

「鴨足屋君――ああ、もう鴨足屋さんね、ごめんなさい。まだ不精髭生やしてない頃の、初々しい姿が、つい浮かんじゃって――」

良秋は、思わず顎に手をやった。

「あ……、すみません」

「あやまったら、おかしいわよ、そんなこと」

「はあ」

「変わらないわね、こうして話してみると。じゃあ、――行ってみようか」

「よろしいですか？」

「他人行儀ね。十何年も前に、一緒に仕事した仲じゃないの。いってみりゃ、まあ同窓会よ。しばらくぶりで、昔の話でもしましょう。本当――ついこの間みたいな気もするけど、今の若い子から見たら、あの頃も遠い昔なのよね」

千波の車で、神楽坂まで足を延ばした。定期的な自動車通勤は歓迎されない。良秋は、土日か、よほど荷物の多い時以外は電車で来る。千波の方は、管理のやかましくなった四、五年前から、局の近くに駐車場を借りていた。

《お薦めのお鮨屋さんがある》と千波がいった。その店の、奥の席に座った。注文は千波がする。盛り合わせの中に、変わった鮨があった。

千波が、指さして聞く。

「知ってる？」

マグロやイクラなら一目瞭然である。しかし、これは分からない。半透明だが、ゼリーめいてはいない。柔らかな氷といったらおかしいが、そんなものを、薄く切って乗せたようだ。中央が海苔の帯でまかれ、下の山葵の緑が、うっすらと透けている。口に入れると、噛んだ食感が面白い。歯の間に水が溢れるようだ。

「何ですか？」

「アロエ」

「ああ……」

植物だ。聞いたことがある。ヨーグルトなどにも入れられたりする。

「何年か前、取材で神楽坂に来た時、偶然、食べたの。妙になつかしかった。——これをね、うちの母が玄関前に置いた鉢で育ててたの。《医者いらず》だって」

「《医者いらず》？」

「アロエの別名。《胃腸にいい》とか、《傷に塗ってもいい》とかいってた。その鉢がね、わたしが学生の頃には、確かにあったんだ。――でも、随分前に、母親もいなくなっちゃった。あれこればたばたしてるうちに、今じゃもう、そんな鉢がどうなったのか、全然、分からない。すっかり忘れてた。――そのアロエと、思いがけないところで再会した、というわけよ」

千波は、《昔の話でもしましょう》といった。その言葉が、この店を連想させたのだろう。

しばらく、研修の頃の話をした。お互いの覚えていることが、面白いように食い違う。いわれると、そんなことがあったかと思う。二人で引き出しを開けては、何かを見つけて声をあげるようだった。

「鴨足屋君も、最初はきちんとした背広で現れたんだよね。それが似合ってなくてさ、皆が《可愛い》って、いってた。七五三みたいだって」

話しているうちに、さん付けから、いつの間にか《鴨足屋君》に戻っていた。

「そうなんですか」

「靴まで新品で、それが似合ってなかった。――現場の人って、きちんとしてないじゃない。ディレクターの中にも、いつだったか、虹色の鼻緒の、ビーチサンダルで歩いてる人がいた。だんだん、そうなって来るんだよね」

「成長ですか？」

「まあ、そうかな」

頃合いを見て、良秋は《千波の家を、二度訪ねた》と話した。千波は、驚くというより、不思議そうな顔をした。この件が、まだ耳に入っていないと分かった。

「三月の時は、急に思い立ったんです。帰りの飛行機を夜にして、レンタカーを借りました。――四月にはもう、こちらの人間ですからね。自分の車で行きました。そうしたら――」

美々たちに怪しまれ、後をつけられたと話す。

「――親子探偵団ですね」

「まあ」

「妙なことはしないと誓って、何とか解放してもらいましたよ。警察じゃなくて、よかった。ニュースにされたらたまらない。――日高さんからは、聞いてないんですね」

「ええ。玲ちゃんが――その、お嬢さんの方だけど――玲ちゃんがね、青山のライブの時、わたしを見ている人がいたって、話してくれた。それだけ」

良秋は、じっと千波を見つめた。

「確かに、――睨んでましたよ、先輩のこと」

千波は笑い、

「先輩はやめてよね」

「あ、……何だか、研修中みたいな気分になっちゃって」

「そんなに堅いのかな、わたしって。――で、ね、玲ちゃんが《この人》ですって、鴨足屋君の写真まで見せてくれた」

「じゃあ、あの時、ばっちり撮られてたんだ。なかなか、侮れないな」

と、良秋は感嘆する。

「でも、《探偵団》の話はしてなかったな。あなたと会って、《そこまで伝える必要もない》と判断したんでしょう」

「危ない者ではございません」

「――でも、どうして、うちまで？」

「朝のニュースのことです。石川さんが担当すると聞きました。だから、最初はお祝いをいいたかった。――後になって、《降りた》と知った時には、気になってたまらなかった」

良秋は、《京都の夜》の思い出を話した。千波は、まばたきをしながら、記憶をたどっていたが、

「……ごめんなさい。思い出せない」

「いいんです。でも、あの時、石川さんが心の中を割って見せてくれたのが、ぼくには凄く印象に残っているんです。忘れられない。だから……」

いったん、視線を落とした。三十振袖という言葉が頭に浮かんだ。男の場合は、振袖でなく何になるのだろう。

良秋は、顔を上げていった。

「いまだに研修中みたいな、それどころか中学生みたいな、年に似合わないいい方になりますけど、——ぼくと、つきあって下さい」

千波の、やつれた感じの頬が、おかしいほど紅潮した。長い間があった。離れた席では、何が楽しいのか、二、三人の客が、とめどなく笑い続けていた。

やっと、千波の声が出た。

「……ありがとう」

声は、わずかに震えていた。

「……嬉しいわ。気に入った相手から、そんなこといわれたのは初めてよ」

良秋は、身を乗り出す。

「じゃあ——」

千波は、黙って、静かに首を横に振った。

「どうしてです」

千波は答えず、脇に置いてあったバッグに手をかけ、低くいう。

「出ましょうか」

良秋は、目で制した。

「わけを聞かせて下さい。ぼくは真剣にいってるんです。今までこんなに真剣だったことがないぐらいに」

千波は、良秋を見返し、一語一語、大切なものを運ぶように、ゆっくりと答えた。

「……あなたと話せて、……この一時間が持ててよかった。世の中にはね、つらいことが山ほどある。横隔膜の上辺りに、それが居座って、一人でいると押し潰されそうになる。だから、あなたと話せてよかった。二人でいられてよかった。感謝してるわ、心から。……好きかどうかといわれたら、わたし、あなたが好きよ。向かい合って、話しているうちに、それに気がついた。どんどん好きになっていく。大発見だと思ったわ。特に、今のひと言なんか、たまらない。そりゃあそうでしょう。……こんなわたしに、そんなことといってくれるんだもの。ありがたくって、泣きたくなっちゃうわよ。……それでもわたしは、《いいえ》というの。それだけのわけがあるからよ。わたしも真剣よ。真剣だから、首を横に振るの。《ごめんなさい》なの」

「……………」

「そういわれたら、ね、男の人は、強がって、笑って、黙って、背中を見せるものでしょう。離れて行くものでしょう」

表に出ると、夜空は低く曇っていた。湿り気のある風が頬を撫でた。

五

運転席の千波がエンジンキーを回そうとする。

「すみません」

助手席に座った良秋が、それを止めた。

「――もう、ちょっとだけ聞いて下さい。研修の後、ぼく、旭川の局に行きました。あっちの冬は、こっちと全く違う。靴にだって滑り止めのゴムをつける。酒を飲んでも、店を出た途端に醒める。寒さにぶん殴られるんです。醒めるから、つい、はしごする。旭川が二年でした。それから、札幌に移って今年の春までいました。同じ北海道ですけど、札幌だと飲んで地下鉄に乗ったりする。そうすると、酔う余裕があるんです」

千波は、黙って耳を傾ける。

「――薄野では、随分、飲みました。札幌はね、夜の遅い街です。十二時でも明るい。液晶の表示があるから、時計かと思う。近づいて、《もう何時になったかな?》と見ると、《零下十二度》とか出ている。時計じゃないんですよ。温度計なんです。――最近は温暖化でね、昔とは全く違うといいます。それでも僕が着任した頃、とっても冷えた年がありました。薄野で飲んで、社宅に向かいました。地下鉄で五、六駅のところです。バスは、立って待ってる間がつらい。どうしたって冬は地下鉄を使います。――階段から地上に出ると、一面の雪です。滑りたくないと思って気を遣うから、一歩一歩が疲れます。あっちじゃ、普通、傘なんかささない。雪だってパウダースノーで、さらさらしてます。だから、フード付きコートです。家に入って、雪を払うんです。ぼくも、コートでした。その姿で、通い慣れた道を進む。──ごうっと空が鳴っていました。吹雪です。そうはいっても、社宅までは、せいぜい二、三百メートルぐらいです。たいした距離じゃない。東京なら、鼻歌を歌ってる間に着いてしまう。ところが、寒風で意識だけは妙に冴えるのに、足が恐ろしい勢いで利かなくなって来ました。《おいおい、しっかりしろよ。札幌で遭難なんて洒落にならないぞ》と自分で突っ込みを入れました。──風に巻き上げられて、細かい白い粉が下からも吹雪いて来ます。眼鏡はすぐに水滴がつき、歩くうちに凍り出す。ほんの少し先も見えなくなりました。もう、突っ込むどころではない。大変なことです。でも、そんなに焦らなかった。逆に、妙に投げやりになりましてね。《ああ、これで終わりか》と思いました。そっちの方がよっぽど楽で、歩く方が面倒に思えました。──その時ね、これは本当の話なんですけれど、あなたのことを考えたんです。真っ白い吹雪の中で、あなたと向かい合ったんです」

良秋は、首を振り、

「ありがちですよね、こういうのって。お話なら、空想のあなたが、ぼくを励ましてくれる。眠りそうになるぼくを揺り動かして、《起きて、起きるのよっ!》っていう。──でも、ぼくにとってあなたは、そんなに近い人じゃなかった。二度と会えないだろう、遠い人でした。だから、ただ考えただけです。──《石川先輩は、今もがんばって仕事してるんだろうな》って。《こんなところで、酔っ払って行き倒れになったら、先輩にどんな顔されるだろう》って思ったんです」

千波は、良秋の方を向き、

「でも、それって結局、励ましてることにならない？」

「微妙だな」

「そうかしら」

「《石川さーん、千波さーんーっ》と歯を食いしばりながら、何とか数メートル歩きました。するとぼんやり、すぐ近くの家の明かりが見えました。雪で、それだけ視界が閉ざされていたんです。恥も外聞もなく、その家のドアを叩いて、助けてもらいました」

「生きたいと思ったわけね」

「はい」

「羨ましいわ」

その意味は、良秋にはよく分からなかった。

「そういうことの後、すぐ飛行機で東京に来てプロポーズしたら、主観的には劇的ですよ。——でも、客観的には、ただの変な奴でしょう。困った顔、されるのが落ちでいたんです。あなたは、人に知られた石川千波です。ぼくはもう、別の世界の人間になってすよ。——でも、今度の異動で、また同じ職場に戻って来ました。食事をしようと誘えば、こうして、——一緒に来てもらうことだって出来た。今なら、《つきあっ

てくれ》といっても不自然じゃない筈です。――しつこいようですけど、ぼくにはあきらめられない。まだ、通院とか、なさってるんでしょう。病気が完全に治ってから、いった方が、よかったのかも知れない。こんな時に、無神経な奴だと――」

「鴨足屋君」

「はい」

「治るのを待っていたら、あなた、さっきのこと、いえなかったのよ。――だからね、《いってくれて、ありがとう》なの」

「え？」

千波は、良秋を見つめた。

「わたし、もう駄目なの」

六

店から少し離れた、料金時間制の駐車場だった。神楽坂の駅に間近で、地下鉄を使った方が楽なせいか、停まっている車もまばらである。二人の邪魔になる人影はなかった。

良秋は、シートベルトをはずし、千波に寄り添い、肩に手を回した。千波が、びくりと身を堅くした。顔を寄せ、唇を合わせる。

目を開くと、千波の耳の向こうの窓硝子(まどガラス)に、ぽつんと水滴が落ちた。ひそやかに雨が降り始めていた。

千波が、囁く(ささや)。

「そんなに体よじって、苦しくない？」

良秋は首を振った。

「わたしのこと、本当に好きだったの」

今度は頷いた。

「だったら、入院とか通院のこと聞いて、そこまで思わなかった？」

「そんなこと、……考えるわけないだろう」

千波は、なじるようにいった。

「呑気(のんき)な人。——生きていたくなっちゃう」

そして、自分からぶつかるように良秋の唇を求め、いったん、離れ、

「髭が痛いわ」

といい、今度はぴったりと口を寄せた。

ぽつり、ぽつりと、梅雨の先駆けのような、柔らかな雨が辺りを包み出していた。

良秋は、千波の肩に回した手を滑らせた。そして、手錠をかけるように、相手の手首をつかみ、いった。

「一緒にいよう、今夜。——一緒に」

「馬鹿に急ね。たった何分かで、そんなことというの」

「何分じゃない。十年以上も、待ったんだ」

「どこにも行けないわ」

良秋は、手に力をこめた。

「どうして」

千波は、唇を尖(とが)らせるようにしていった。

「うちでも待ってる奴がいるから」

「えっ？」

「《飯よこせ》って、うるさい奴」

七

千波の家の、玄関の軒の張り出し具合は、申し訳程度のものだった。雨から、かばってはくれない。しかし、肩を濡(ぬ)らしても気にならないほどの降りだった。

古めかしい壁に、現代的な機器も設置されていた。センサーで明るくなる常夜灯だ。おかげで、辺りは明るい。戸を開けながら、千波はいった。

「こつがあるのよ」

よほど建て付けが悪いのか――と思うと、そうではなかった。引き戸を、開けながら、千波はすっと、薄暗い隙間に右足を出した。

足元に、内側から覗く、猫の顔が見えた。千波は、焦げ茶色のパンツの裾で、その顔をくすぐるようにしながら、中に滑り込んだ。手提げのバッグを上がり口に置き、玄関の明かりを点ける。そして腰をかがめ、迎えてくれた相手を、すくい取るように抱き上げた。

「——これが、ギンジロー」

後に続いた良秋は、千波の胸の牡猫に《こんばんは》といった。ギンジローは、男の客にも、嫉妬の様子を見せない。ただ、情けない声を出すだけだった。

「大きいですね」

「最初はね、掌に乗りそうだったの。でも、たちまち、こんなに育っちゃった」

にいー、とギンジローが哀訴する。

「よく鳴くんですか」

「ううん。おとなしいものよ、普段は。うるさいのは、食べ物をねだる時だけ。今日は朝の分しか、出してなかったの。——早めに帰るつもりだったから」

ギンジローの食事が先になった。通されたのは台所だった。いきなり来たのに、綺麗に片付いていた。その整頓の具合が、良秋には不吉なものに思えた。

車の中で、千波は《悪い病気で胸を切った》といった。今は、医術の進歩も著しい。手術を受けずにすむ人もいる。きびしい状況だ、と診断されながらも、普通の生活に戻れる人がほとんどだ。
——でもね、わたしが捕まったのは、例外的に凶悪な相手らしい。まず出会わないような、嫌な奴に見込まれたのね。

その辺で、千波の言葉は止まり、良秋の方からさらに問いただすことも出来なかった。

ギンジローの夕食の後で、二人のお茶になった。千波は帰ったままの服で、正面に座る。良秋は、一口、紅茶を啜ると立ち上がった。千波の後ろに回り、肩に手をかける。

千波は、悪戯を叱る姉のような声でいった。

「鴨足屋君。——猫を見に来たんでしょう？」

良秋は、両手で千波の肩から上腕部をゆっくりと揉みほぐしつつ、絞り出すようにいった。

「これから、二人で歩いて行こう」

千波は目を閉じ、ただ、答えにならない答えをする。

「……気持ちがいいわ」

「こうして、ずっと触れていたい」

「……楽になる。腕が軽くなる」

良秋は、後ろからそっと千波を抱いた。千波は、軽く眉を寄せ、

「ピンチだなあ、わたし。……もう、逃げられないの？」

「ここまで、逃げて来たじゃないか。もう十分だろう」

千波は、しばらく、押し黙っていたが、

「……そうね、わたし、結局、どこにも行かない女だった。逃げ続けてた。だから、……来てもらうしかなかった」

うつむいた千波の視線は、すぐ目の前の良秋の手を、彫像の一部でも観察するようにとらえていた。千波の胸に負担をかけないためにか、良秋の手は軽く組まれている。

千波の腕は、下に垂れている。それなのに、目の前に、背後から回された別の人の手があり、合掌している。まるで、千波に代わり、何かに手を合わせているようだった。

「……不思議だわ」

「何が？」

「こういうことって、一生のうちの大事件でしょ。予告編があって、連続ドラマみたいなことが何回分かあって、いよいよ山場がやって来るものと思ってた。でも、今日のわたしは、夕食の時まで、こうなるなんて、考えてもいなかった。とんでもないことって、本当にいきなりやって来るのね。……それにしたって、……ねえ、わたし、《いい》なんて、ひと言もいってないのよ」

良秋は無言で、千波を立たせた。引き寄せると、千波が小さくなったように思う。

女の背は、実際以上に高く見えるものだと実感する。今、あの千波が、自分の腕の中で、温かく息づいている。それが、ごく自然なことに思えた。

千波は、ふっと顔を上げ、硬い表情になり、

「今、わたし、きつい運動はしちゃいけないっていわれてるの。だから、そっと……」

ほとんど事務的な口調だった。だが、いいかけた言葉が露骨に思えたのだろう。途中から急に、良秋の胸に顔を埋めてしまった。良秋が、短い髪を撫で上げると、耳の上端が見えた。

良秋は、ほのかに熱いそこに、唇を寄せた。

八

客用の寝室にしている四畳半があった。千波が、そこに夜具の用意をした。

「殺風景な部屋でしょ。まるで、何十年か前の下宿みたい」

良秋は、下着姿で布団に入った。待つ身には、かなりの時が経った。最初は気づかなかった雨音が、次第にはっきりと聞こえて来た。千波の家は古めかしい瓦葺きだった。その黒い波の濡れる様子を想像し始めた時、パジャマに着替えた千波が、静かに膝をついて忍び入り、枕元の明かりを消した。

――途中で、閉まっている襖をガリガリと引っ掻く音がした。千波は、唇から小さくこぼれていた声を止める。ギンジローは、何の苦もなく襖を引き開け、慣れた様子で入って来た。

闇の中で、千波がいう。

「……見えるのかしら」

顔を覆う気配があった。ギンジローは、ひとしきり、千波の首に頭を擦り寄せていたが、そのうち、あきらめたのか、気まぐれな足音と共に、廊下に出て行った。

良秋は、手を千波の、うっすらと汗ばんだ首筋に、子供をなだめるように這わせる。指先が、何本か張り付いた、ギンジローの抜け毛を感じた。

外の雨は、本降りになり、潮騒のような音が、部屋の闇の外側から、二人を包んだ。

「……わたしね、男の人に触られるのって、とっても気味の悪いものだと思っていた」

長い時間が経ってから、千波がそういった。

「嫌じゃなかったろう？」

子供っぽい返事があった。

「うん」

「それなら、よかった」

千波は、布団の中で良秋の、見えない手の甲を撫でながらいった。

「ねえ、話して、いい？　明日、仕事だろうから、あなたは寝ちゃっていいの。わたしだけ、話していい？」

「聞いてるよ」

「本当にいいのよ。相槌、打たなくても。……話す相手がいて、一人じゃない方が、眠くなれるかも知れない。だからなの。いつも、一人で横になると、考えても仕方のない、嫌なことばかり考えてしまう。だからね、何か別なことを話していたいの」

「だったら、――君のことを聞きたいな」

「わたしの？……どんなことを？」

「何でも」

九

千波の声が、耳元で囁く。

……うちの母親はね、わたしが小学五、六年の頃から、男とのことを、うるさく注意し始めたの。《気をつけろ。どこまではいいけど、どこからはいけない》なんて、いうのよ。今時の子なら、何、いわれたって平気でしょう。もっと凄いことが、どこからでも、いくらでも耳に入って来る時代だもの。そういうことには、慣れっこでしょうね。

でも、わたしにはたまらなかった。まだしも、楽に、明るくいってくれるんなら救いがあった。だけど、それが真剣なの。息が詰まる。苦しかった。《やめて》っていっても、やめてくれない。

嫌なものよ、親にそういう話されるの。ぬらぬらした布で、体を撫で回されるような感じ。吐き気がした。……そんなこと、しつこくいうぐらいなら、どうして、わたしを生んだのかと思った。……反発して、逆に遊んじゃう子もいるだろうけど、わたしには気味の悪さだけが残った。

……別にね、そのせいで結婚しなかったわけじゃないのよ。ただ、そういう巡り合わせにならなかった。そのうちに、時間だけがどんどん過ぎた。……振り返れば、本当に、瞬きしているうちにここまで来たみたい。

……あのね、わたしはね、母一人子一人で、小学生の頃、こっちに来たの。二年生だった。

今はね、化粧する小学生がいるような時代だわ。昔はそんなことなかった。それなのに、うちの母親ったら、わたしに洒落た服を着せたの。けばけばしいわけじゃないのよ。母は学校の先生やってたの。だから、その辺はわきまえてた。そうじゃなくて、微妙にセンスがいいの。あか抜けてるのよ。それが嫌だった。それでなくても、転入生って目立つでしょ。

わたしはね、線路でいえば、こっちまで上り電車で来たのよ。今なら、日本中どこに行っても、ファッションセンスなんて、似たようなものでしょ。わたしの子供の頃は、そうなる一歩手前だった。東京の子ならともかく、わたしなんかが、そんなに洒落てるのは不自然だと思った。学校の子たちだって、見かけのそういうところは、まず第一番に分かるでしょ。感じちゃうでしょ。

わたしは、皆と同じでいたかった。何だかね、母親の人形にされてるような気がしたの。

……それが、母親の愛情だったわけよ。でも、子供だったから、素直に喜べなかった。わたしに向けてくれた気持ちを、キャッチボールみたいに返してあげられなかった。しみじみ、すまないと思う。今ならいえるわ。《お母さん、寂しかったでしょう》って。

……こっちに来る前の記憶って、ほとんどないの。ただ、わたしの生まれた街にはね、水の綺麗な川が流れていた。子供心にはね、とっても広い川に思えた。本当のところは分からない。

夏になるとそこで、ひとがた流しがあったの。街の行事。紙を切って、人の形を作って、それを岸から流すの。変わった眺めだから、印象に残ってる。

こっちの岸にも、向こうの岸にも、人が出て来て、それぞれ手から、白いひとがたを放す。ひらりと宙で揺れたそれが、透き通った水に落ちる。ひとがたは、どこか分からない遠くに、ゆらゆらと流れて行く。

記憶の中だと、空は薄紅色の夕焼けに染まってる。夏だと、ね、時間が遅くても、

外は明るいでしょう。あんな感じの日暮れ時なの。川に、空の色が映って、大きな反物を広げたみたい。

わたしと母はね、うちで、ひとがたに願い事を書いて来たの。……わたしは、まだ字が書けなかったかも知れない。だとしたら、口でいって、母に書いてもらったんだわ。とにかく、そういう風に記憶していたの。

でもね、大きくなってから、本で読むと、願い事のことが出て来ない。そういう行事は、厄払いっていうか、災いをひとがたに移して遠くに流すものなんだって。紙の人形で、体を撫でたりして、悪いものをそっちにやるんだって。

だから、記憶の方が間違っているのかと思った。何だか大事なものを取り上げられたみたいで、がっかりした。

だけど、この仕事に就いてから、専門の先生に聞く機会があったの。そうしたら、ひとがたに願いを書いて流す例も、ちゃんとあるんだって。七夕と一緒になった形なの。わたしの生まれた街の名まで、ちゃんとあげて説明してくれた。

……嬉しかったな。間違いじゃなかったんだ。小さいわたしは、母と一緒に、確かに何かを願ったのよ。丸いちゃぶ台に、ひとがたを置いて、そこに何かを書いたの。わたしの方は、子供だから、身近なことだったんだろうな。何か欲しいとか、食べたいとか、そういうの。

……それでね、母のひとがたには、きっと自分のことじゃなくて、わたしのことが書いてあったんだ。

そういう二つの、白い、小さな、人間の形をしたものが、紅色に光って、うねる水の上を、どこまでも、どこまでも流れて行ったんだ。

十

夢の中にも、千波の声が響いていた。うとうとして目を覚ますと、雨戸が開けられ、朝の光がさしていた。

起き上がって、昨日と同じ服を着た。元々、身なりに構わなくなっていたから、誰に見られても、首をかしげられることはないだろう。

廊下に出て、硝子戸越しに見ると、雨上がりの庭が清々(すがすが)しい。台所で、朝食を準備する音がしている。

顔を出して声をかけようとすると、千波の方から先に、いった。

「おはよう」

そして、今日の出社時間を聞いて来た。良秋が答えると、

「わたしは病院に行く。――局に回って、あなたを落として行けばいいわね」

良秋は、改めて、千波の体のことを思った。

「――どんな具合？」

「それを診てもらうの。――本当はね、もう少し前に行かないといけなかったの。四、五日前から、階段を上ってると、どきどきして来た。息の調子が普通じゃない。それってね、お医者さんからいわれてた危険信号なの。――ちょっと疲れただけ、と思いたかった。――だってね、他の患者ならともかく、わたしの場合、それって、レッドカードに近いらしいの」

「……」

「四月にはね、いろんな検査の数字も良くってね、何とかなるかと思ってた。だから、ショックだった。――それで、《わたし、駄目》なんていっちゃった。あれはね、《道が閉ざされた》っていう意味なの。ニュースがやれなくなった時も、そう思った。あなたに、《つきあおう》っていわれて、同じ意味で《駄目》だと思った。――わたしの頭にはね、刹那（せつな）の恋とか、一瞬の情熱とか、そういう燃え上がり方がなかったの。――男と女がつきあうのって、一緒に未来を見つめることだと思って来た。――でもね、ギンジローだったら、そんなこと考えないよね。今の一歩を、どう踏み出すかとか、それとも寝ちゃうかとか、とにかく、今に集中してる。――一晩、あなたはわたしとつきあってくれた。それは本当のことで、その本当を大事にするわ」

「昨日だけじゃないよ。明日も、明後日も来る。いや、――社宅の方を引き払って、ここから通いたい。《うん》といってほしい」

千波は、じっと良秋を見つめた。

「わがままだけど、頷きたいわ。そうしてくれたら、わたし、力がもらえる」

迷いはなかった。良秋は、可能な限り早く社宅から移れるよう、事務手続きをした。

一日の仕事が終わると、その狭い住まいに帰り、取り敢えず必要なものを、車に積み込んだ。

――千波は、病院に行ったのだ。心の沈む午後を過ごしたろう。何でもいい。気分の変わるようなことはないか。

出掛けにそう考えて、あることをし、すぐに千波の家に向かった。

玄関を内側から開けた千波は、すぐに笑い出した。

「何だ、失礼だな」

「ごめんなさい。おかしいわけじゃないんだけど、――やっぱり妙な感じ。坊やみたい」

良秋は、髭をきちんと剃り、髪に櫛を入れて来た。

「社会人として、当然のみだしなみだろ？　特にさ、お姫様のところに来るんだから」

荷物を玄関先に置くと、中に入った。台所のテーブルで向かい合うと、千波は今日のことを話し出した。色々と検査をし、結果は一週間ぐらいで出るという。

「それでね、先生にいわれたの。――これは誰にでもいうことなんだけど、出来たら、結果を聞きに来る時は、家族か――恋人みたいな人がいたら、一緒に来てもらいたいんですって」

千波は明るい調子でそこまでいい、間を置いて問いかけて来た。

「――お願いしてもいいかしら」

良秋は、テーブルの上に右手を差し出した。

「決まってるじゃないか」

「よかった」

千波は、その手を包むように握り、じっと良秋を見つめた。《ありがとう》と微笑んだが、手に不自然に力がこもった。次の瞬間、千波は込み上げるものを抑え切れなくなったのか、すっと立ち上がり、台所を出て行った。戻って来るのに、しばらくかかった。良秋は追わずに、黙ってそのままの姿勢で待った。

その後、ピザをつまみながら、千波の仕事のことを聞いた。

今は、番組にナレーションを入れている。ただ行って読むだけではない。内容をつかむための下調べは徹底してやっている。その裏付けが、朗読を支える。しかし、資料の読み込みなら家でも出来る。時間のやりくりが出来る。肉体的な負担のかからないよう、気をつけている――という。

「室長には、色々と話してあるの。だから、あれこれ配慮してくれる」

良秋は、アナウンス室長の、眉の濃い、男っぽい顔を思い浮かべた。

「神崎さんか」

「ええ」

良秋が小さい頃から、すでにアナウンサーとして活躍していた人だ。渋い低い声は、一度聞くと耳に残る。

「上の人には、早めにいっといた方がいいだろうな。明日にも、いっていい？」

「何を？」

「何をって、——結婚のことさ」

千波の顔に、とまどいの色が浮かぶ。

「それはどうかしら……」

「え？」

「わたしは、このままでいいのよ。あなたは、まだ若いんだし……」

思いがけない言葉だった。いわれてみると、目の前を、哀しい風が吹き抜けるようだった。良秋は、その風に逆らった。

「——君がね、どうなるか分からない先のことを、考えるんなら、こっちも遠慮なく、先を見通してしゃべろう。——仮に、ぼくが、この世に残されるとしよう。そうなったら、ぼくが抱かなくちゃいけないのは、君の思い出だけじゃないんだよ。それを抱く正当な権利を手に入れるためにも、ぼくは君と結婚しなくちゃならない」

「……？」

「ギンジローだよ」

「あ」

「だからね、千波、君が結婚しなくてもいいなんていうのは、あいつに対して無責任だ」

「鴨足屋君……」

「あなた、だよ。もう」

「……あなた」

「結婚してくれるね」

千波は、くすぐったそうな顔になり、

「そう行くのか。凄いなあ、あの子をだしに使うなんて。きっと今、ギンジロー、くしゃみしてるわ」

「さあ、《はい》っていうんだよ」

千波は、ピザを置き、かしこまって答えた。

「はい」

その夜の千波は、昨日から一日経ったただけと思えないほど、大胆になり、そして、すやすやと眠った。良秋は、安らかな千波の寝息を聞き、それが何日ぶりのものかと思った。とにかく、今、千波に眠りを与えられたことを、心から嬉しいと思った。

翌朝になると、千波はまた、結婚について否定的なことをいい出した。自分には、親兄弟も、付き合いのある親戚もいない。しかし、良秋は違う。今のような状況で婚姻届を出したら、ご両親に申し訳ない——というのである。

四十女らしい分別だが、良秋は相手にしない。

「そんな心配より先にさ、問題なのは、ぼくの車の駐車場だよ。君の地元なんだから、何とか見つけといてくれないか」

二人は良秋の車で局に向かった。途中で、千波にこう話した。

「ぼくだって、いい年をしたおじさんだ。女子高生が、いきなり結婚相手を連れて来るのと訳が違う。――うちの親はね、ぼくが《絶対にこの人だ》という相手を見つけられたら、喜んでくれるよ。そういう親父とおふくろだ。ぼくの連れ合い、という席に座った、君の気持ちが、居心地の悪くなるようには、絶対にしないから」

善は急げとばかり良秋は、上司に婚約の報告をしてしまった。神崎には、千波から伝えてもらった。

すると、午後になって、良秋のいるスタジオに、肩幅の広い神崎がやって来た。仕事の切れ目に、さりげなく目で合図をされ、低く囁かれた。

「おめでとう。――終わったら、ちょっと、ぼくの部屋に来てくれないか」

アナウンス室長室をノックした時には、まるで婚約者の親に会いに来たような、堅苦しい気分になった。神崎は、良秋を招き入れると来客用のソファーに座らせ、向かい合った。そして、よく響く声で、いった。

「微妙なことだからね、石川さんには突っ込んで聞けなかった。気になったものだから、つい、君を呼んでしまった。つまり、君は――彼女の体調のことを、よく分かっているんだろうね」

「はい」

神崎は、ゆっくりと頷き、

「老婆心(ろうばしん)だが、それだけ確認しておきたかった。――支えてやってほしい。あの子は、本当にいい子だ。いい子なんだよ。頑張り過ぎるほどの頑張り屋だが――」

そこで苦笑し、

「――奥さんのことを、はたの者が説明するのも馬鹿(ばか)げた話だな」

そして、壁に掛かった絵の方をしばらく見つめていた。

寒々とした荒波の打ち寄せる、岩壁の絵だった。黒い岩に松が根を張り、波は白いしぶきを上げていた。

十一

目まぐるしく、時は過ぎた。小さ過ぎる箱に、色々なものをつめこむように、様々なことがあった。

街の中を透き通った水の流れる故郷に、千波を連れて行った。両親と会わせた。

千波には、表参道に連れて行かれた。随分、昔のことだが、前を通った時、ふと、《いいな》と思う店があったという。幸い、今もつぶれず、千波の記憶通りの場所に、店が開いていた。とびきり高いというわけではない、カジュアルなシャツを、千波が何枚か選んでくれた。夏を迎える準備だった。冬物も選んでもらいたい、と思った。

検査の結果は、二人で聞きに行った。ミルク色の壁の小さな部屋に、緑色の椅子が置かれていた。玩具（おもちゃ）や絵本が散らかされていれば、子供部屋になりそうなところだった。部屋も医師も、穏やかで感じがよかった。しかし、聞いた結果は思わしいものではなかった。二週間程度の、短期入院が必要だという。

「その後、しばらく症状は上向く筈です。息切れも、動悸（どうき）もなくなります。夏には、お二人でどこかに行かれるといいでしょう」

入院中、良秋は、局と病院を何度も往復した。神崎に症状を伝え、それに合わせて、ナレーション録音の予定を組んでもらった。秋口までは、働ける筈だった。

渡される予定を見て、良秋は、自然に礼をいっていた。後に残る仕事を、回してくれている気がしたのだ。それは、千波にとって、大きな励みになることだろう。神崎は、ただ、

「石川君はベテランだからね。台本の読み込みも深い。それだけのことだよ」

と、いった。

旅行については、回診に来た医師を追い、再度、質問もした。消化器系に問題はなく、食事が普通に出来る。だから体力も落ちない。海外まで出掛けても、一向に差し支えないそうだ。

「イタリアとか、スペインとか、――そう、地中海を見て来るのもいいですね」

悲観的な言葉は、すでに聞いていた。だが、南欧の輝く海を思うと、今の状況が信じられないような気分になり、もう一度、尋ねていた。

「冬までは……どうでしょう？」

医師は、わずかに口元を引き締めてから、

「奥様の場合は……」

その先は、良秋の耳に、ただ、ぼんやりとした暗い音として響くだけだった。病室に戻ると、千波の微笑みが待っていた。

千波が行きたいといったのは、予想外のところだった。

「四国？」

と、良秋は聞き返した。

「ええ、徳島。――祖谷のかずら橋」

「どうしてまた？」

「ふっと思い出したの。――山の中にある、谷川に掛かった橋。この間の冬、局で茶飲み話に出たの。仕事で、行ったことがある。あなたが、旭川から札幌に移った頃よ。随分と昔。――でもね、濡れてて危ないから、前に立って撮影した。それだけ。――渡らなかったの。わざわざ、そこまで行ったのにね」

フィレンツェとか、ベニスとかは頭にないようだった。その橋が、し残したことの徴（しるし）のように、頭に浮かんで来たのだろう。結婚式も挙げず、籍を入れただけだったが、新婚旅行もまた、至って地味なものになった。

梅雨も明け、空の色の一段と濃くなった七月、二人は新幹線で東京をたった。無理をせず、日程はゆったりと組んだ。岡山で一泊し、翌朝、特急に乗り瀬戸大橋を渡った。阿波池田で降り、駅前で、祖谷街道を巡る観光バスを待つ。

やがて、夏の日差しに照らされながら、犬のように鼻の突き出たボンネットバスが、やって来た。予想以上の人気で、すぐに補助席まで埋まった。《日本三大秘境》と記されたプラスチック製の参加章が配られている。裏に無造作に、番号が手書きされていた。早めに電話予約をした二人は、七番と八番だった。

昼食前には、大歩危（おおぼけ）渓谷の舟下りなどがあった。山の中なので、道はどこへ行っても、起伏が激しい。バスを降りた時には千波と並び、列の最初に歩き出し、最後に着くようにした。七十、八十という年になっていれば、こういう歩調も自然に見えたことだろう。

バスが、かずら橋の駐車場に着いた時には、もう二時を回っていた。斜め対岸では巨大な施設が建築中だった。立体駐車場らしい。観光客が多く、秘境という言葉とは裏腹に、東京の街でも歩いているようだった。

良秋が、橋の入口で聞く。

「大丈夫？」

「ええ。――わたし、高いところは平気なの」

頭を動かさず、視界を限って眺めれば、辺りの緑は濃く、山深い感じがする。その両岸を、吊り橋が繋いでいる。千波は、このために履いて来たスニーカーで、一歩を踏み出す。後について、良秋も、かずらで編まれた横木に足を乗せた。

粗く組まれた、足元の木の間から、渓流が覗く。はるか下に、若い娘の頭が小さく見えた。裸足になって、浅瀬を伝い、歩いている。回り道をすると、そこまで行けるらしい。上の橋を渡る人の靴が脱げ、落ちて行ったら、危ないだろう。

手摺りを握り、一歩一歩を踏み締め、千波は橋を渡り切った。続いた良秋が、その肩を抱いた。

帰りは、阿波池田の駅まで乗らず、途中の温泉宿で下車した。かつて、作家の林芙美子が逗留していたという宿だ。通された部屋の窓からは、四国三郎吉野川が見え、はるか対岸の、崖に張り付いたような線路を、時折、電車が通って行く。思いがけないところまで来た、というのが良秋の感慨だった。

夜になった。

「これって、恋愛なのかしら」

と、千波はいう。

「どういうこと?」

「恋愛って、もっと甘くて、ときめくものと考えてた。――でも、あなたは、そんな

思いをする余裕もなく、いきなり目の前に現れた。そして、急にね、わたしにとって、何より必要な人になっちゃった。——何ていうか、《お菓子だと思っていたら別のものだった》って感じ」

「薬?」

「薬でもあるわね。とってもいい薬。でも、もっと自然で、必要なもの」

「じゃあ、空気だ」

「確かに大事だけど、それだと見えない」

「でも、ほら。——空気の前なら、どんな格好をしても平気だろう」

千波は、《馬鹿ね》と笑って、明かりを消した。しばらく経ち、闇の中で、良秋の汗ばんだ体に全身を預けて、いった。

「……水かも知れない」

「え?」

「あなたって……。ね、わたしを浮かべて」

耳に痛いほどの静けさの中で、遠い対岸を行く、電車の音が、思いがけなく近く聞こえた。

十二

翌日の午前中は阿波池田を歩き、岡山に戻って遅めの昼食をとった。

当たり前の新婚旅行のように、賑々しく出て来たわけではない。しかし、そのための休暇は取っている。やはり、職場へのお土産を用意しなければならない。いわば、公式のご挨拶用である。

それとは別に、千波は友達への私的なお土産も考えていた。この冬も四国に来た。その時、買って帰ったのは、空港の讃岐うどんだったという。いかにも工夫がない。

食事をした店から、ぶらぶらと歩き、岡山県立美術館に入った。そこの売店で、良秋が声をあげた。

「これ、面白いよ」

マッチの箱詰めだ。《燐票大展覧会》と書かれている。春先に、ここで、マッチラベルの展覧会が行われたのだ。

「ほら。その時、新作も一緒に並べたんだよ」

何人ものデザイナー、漫画家、詩人などが、新しいラベルのデザインを考えた。作者として、広く知られている名が列記されていた。その四十個が、ぎっしりと詰まっている。

「――新作？」

「そう書いてある」

「でも、岡山らしい。ほら、――宮本武蔵の絵も使ってある。ねえ、これは新作じゃないわよね」

「突っ込むなあ。——残部僅少だってさ。ここでなきゃ、手に入らないんだろう。だったら、この年、ここに来た記念になる。ねえ、あの元気のいいおばさんに、これ買って行こうか」

「美々ちゃん？」

「うん」

「じゃあ、牧子にも同じのを——」

水沢牧子だ。うちが近いから、もう何度も会っている。今度の旅行中も、ギンジローの世話を頼んでいる。帰ったら、すぐにお礼の挨拶をしなければいけない。

《牧子はね、小学校からの友達——》と、千波が話してくれた。

「——そういっちゃあ何だけど、わたし、勉強が出来たのよ。だから《家庭教師を雇ってる》っていう噂が流れた。今だったら、学習塾に行く子供なんて珍しくないでしょ。でも、昔の田舎じゃそんなことなかった。よそ者がやって来て、出来たから、誰かがそんなことといってみたのね。それが、たちまち、まことしやかな噂になった。そしてね、《フェアじゃない》《あいつは嫌な奴だ》って雰囲気になったのよ。——牧子は、子供の頃から、人の気持ちをよく考えてくれた。だから、はじかれてるわたしを、一方的に《嫌な奴》って決めつけなかったの。——あの人がいたおかげで、わたし、随分、助けられたのよ」

翌日、倉敷の大原美術館を見て、帰って来た。夕食に牧子を呼び、ギンジローの頭を撫でながら、《お世話になりました》といった。千波が脇から、

「この人がね、変わったお土産選んで来たの」

良秋は、《それでは——》と、美術館の袋から、マッチの詰め合わせを取り出し、牧子に渡した。

第六章　波

一

牧子は、良秋の手から、お土産の箱を受け取った。大きさは、お盆ほど。うすい煎餅でも入っているのかと思った。

《開けてみて下さい》といわれ中を見ると、マッチが入っていた。ラベルのデザインが、それぞれ違っている。個性の詰め合わせ――という感じだ。《お気に入りはどれか》などと話がはずんだ。

《トムさんが好きなのは？》と聞きかけ、

「――ああ、もう石川じゃないんだ。トムさんじゃないのか」

千波は、手を横に振る。

「トムさんにしといてよ。でないと、自分じゃないみたい」

「《イチョーヤ夫人》てのは、どう？　《蝶々夫人》の妹みたい」

「勘弁してよ」

と、千波は笑う。

食事を終えると、二人とも長旅で疲れているだろうからと早めに席を立った。千波と良秋に送られた。

家は近い。ゆっくりと、歩いて帰る。長い夏の日が終わり、懐かしいような夜になっていた。中学生の頃、こんな暗さの中を、《どんなに叱られるだろう》と、どきどきしながら自転車を走らせたことがある。それも遠い昔のことだ。

通り過ぎる家々には明かりが点いている。かん高い子供の声も響いて来る。どこにも、楽しげな団欒があるようだ。これから帰る場所にいるのは、自分一人だ。

さきを送り出した春から、いつの間にか季節が変わってしまった。その娘も、前期の授業が終わったところで、すぐに飛んで帰って来るわけではなかった。何かと忙しいようだ。《そろそろ戻る》と電話の声が告げた時、牧子は、ごく普通に《ああ、そう》と答えた。だが、自分でも意外なほどの、安堵感と喜びが込み上げて来るのを感じた。

子離れしなくてはいけない。それは、勿論、分かっていた。しかし、深夜の湯船につかっている時、ふと《この家に、あの子はいないのだ》という思いがよぎったり、さきの自転車で買い物に出掛け、駐輪場に戻って来て、首をかしげるように前輪を曲げて停まっている娘の自転車を見た時、《この街に、あの子はいない》と、胸を突かれたりした。

街のあちらこちらに、わが子の思い出は染み付いていた。どこを通っても、《ここで、小さいさきはあんなことをした。ここで、小学三年のさきはあんなことをいった》と、考えてしまう。

ただ、千波を気遣う時には、そういうことも、心の一時預けに預けることが出来た。謎の《スズキさん》が、実はなかなか実直な、いい男らしい——とは、美々から聞いていた。彼に、千波に対する行動を促した、俗にいえば、けしかけた、という話だった。半ば驚き呆れつつ、どうなることかと見守るしかなかった。結果は、千波の応援団にとって、最良のものといえた。

そして、二人の旅行のおみやげに、マッチを貰った。子供の頃には、どこの家にも、幾つでも転がっていた代物だ。夏なら、蚊取り線香を点けるための必需品だった。それが、いつの間にか、あまり使い道のないものとなった。火打ち石とまではいかなくとも、昔めいた道具になってしまった。小さな一箱の中には、折られる時には簡単に折れてしまうが、擦れば火の点く、マッチ棒が詰まっている。

千波という箱の中の、発火することなく終わったかも知れない一本のマッチが、明るく燃えた。そう思うと、良秋に感謝したい。

家に着き、仕事机の前に座った。だが、原稿の続きを書き始める気にもなれなかった。目の前の子機に手を伸ばし、美々に電話した。

新婚旅行から帰って来た二人が、なかなかいい雰囲気だった——と伝える。

「——うん。十年前から一緒にいたみたいだった。——とりあえず、近所のわたしが呼ばれたの。ギンジローの面倒看たお礼。結びの神の美々ちゃんとこにはね、明日にでも、揃って挨拶に行くんじゃないかな」

「ああ、来るってさ。さっき、電話があった」

もう、千波の声を聞いているわけだ。調子に衰えはなかったし、もともとショートカットだったせいか、治療のため鬘にした筈の髪にも、違和感がなかった。牧子は、意識したわけでもないのに、自然と間を置いてから、

「……元気そうだったよ。トムさん」

「……そう、よかった」

「ああいう二人見てると、つくづく、美々ちゃんが発破かけてくれて、よかったと思うなあ」

「そうだよね。何だかさ、あの時は、自分でもわけが分からないくらい夢中になっちゃった」

「……そう聞くとさ、こっちは、何してたんだろうと思っちゃうよ」

「どういうこと？」

「美々ちゃんのやってくれたこと、千波にとっては、本当に大きなことだと思う。でも、こんな時に、わたしの方は何もしないでさ」

「——牧子」

「それは全然、違うよ」

「え？」

「夫婦だったらさ、間に、別の奴が割り込んで来たら困るだろ？」

「……」

「うん」

美々は、声の調子をぐっと落としていった。

「あたしが、前の亭主と別れたわけ、知ってるよね」

「――浮気でしょ？」

「そうなんだ。特にね、状況が許せなかった。――玲が、まだ赤ちゃんだった。なんにも知らない赤ちゃんだった。そんなあの子の前で、あいつ、――相手の女といちゃついてたんだ」

受ける言葉が、なかなか出なかった。牧子は、しばらくしてやっと、

「……見たの？」

「向こうだって、そんなへまはしないよ。――ただね、あいつ、ビデオで玲のこと、撮ってたんだ。あたしが買い物に出て、あいつが、あの子の番してたんだ。そこに、相手の女が来た。――幼なじみでね、前から関係があったんだ。それなのに、あたしと結婚したんだよね。あたしに子供が出来たでしょ。生まないなんて、全く考えなかった。そんなこと考えるようなら、寝たりしないもの。あたしには、迷う必要のない、当た

り前のことだった。こっちは、親ぐるみで強く出たわ。向こうの親にも怒られて、あいつ、それで、結婚を受けたんだ。——大学の頃は、あいつの皮肉屋で、人を見下したようなところも、クールな格好良さに見えてた。実際、同じ勉強してたら、出来る奴だってのは分かる。そういう奴がいうと、つまらない厭味も、それなりに聞けたんだよね。——老舗の友禅の店の若旦那でさ、それもちょっと魅力的だったんだ。でも、切れてない女の子がいたんなら、そっちの子だって可哀想だよ。何で、あたしに手を出したりしたのかね」

「………」

「その子のことは、あたしも知ってた。挨拶したこともある。商売の関係の人だと思ってた。だって、新婚家庭だよ。まさか、そんなことがあるなんて、想像も出来なかった。——それでさ、馬鹿なんだよ、あいつ、ビデオのレンズにキャップを嵌めて、そのまま床に寝かしちゃったんだ。録画を止めたと錯覚しちゃったんだよね」

映像は、勿論、記録されない。だが、横になったビデオカメラは、その場の《音》を捉えていく。

「そのビデオをさ、次の日あたりに、たまたま、あたしが見ちゃったの。——夕食の支度やら、玲の世話やらしながら、何かテレビでも点けとこうと思ってね。これといった番組もやってない時間だったから、ホームビデオにしたのよ。巻き戻して、再生した。それはね、——それは恐ろしいことだったよ。無邪気に寝てるあの子が映っていた。ニンジンか何か煮ていて、ちょっと目を離したら、画面が暗くなってた。火を使ってたから、そのままにしておいた。そうしたら、ガス台の前にいる耳に、とんでもない声が入って来たんだ」

「……」

「許せないことってあるよね。あいつは、わたしが選んだんだ。不明を恥じるしかないよ。結局、そういう奴だった。それだけのことさ。――でも、玲は違う。親を選んで生まれて来たんじゃないんだ。あいつが親であることに、何の責任もないんだ。――即刻、退却しようと思った。早ければ早いほど、玲のためにいいと思った。――あたしも若かったからね、今以上にいいたいことをいった。あいつの人間性は全否定したし、こうなったのには、絶対、親のせいもあると思った。そこまでいったから、向こうの家もかんかんになって怒ったよ。離婚の手続きも、簡単にすんだ。――その後、どなたが友禅屋の若奥様になったのかも知らないね」

初めて聞く話だった。美々は、ひそめていた声を、元に返し、

「――そんなわけでさ、男と女だったら、特に夫婦だったら、お互いとは別に、色んなタイプの相手を作られちゃあ困る。少なくとも、あたしは嫌だ。やってけない。――でもさあ、同性となると話は違う。外野守ってる子とか、内野守ってる子とか、キャッチャーやってくれる子とかさ、ただ観客席にいて、コーラ飲んで、ポップコーン食べて、無責任なことというだけの子とか、色々いていいんだよ。そうだろう？」

「——そりゃあそうだね」

「鴨足屋さんの件はさ、あたしのところに球が飛んで来たんだ。あれはね、あたしが取らなくちゃいけない球だった。だから、走り出して塀によじ登って、思いっきり腕を伸ばした。それだけのことさ。でね、付き合いが長いから、あたしにはよく分かる。——トムさんの投げる球を受けるキャッチャーは、牧子なんだ。これはもう神様が決めたんだろうね。そういう人間は、何も特別なことをしなくったっていいんだ。ただ、この世にいてあげればいい。それが、球を受けるってことなんだ。あたしに、その役は出来ない」

横になってから、牧子は考えた。

美々はどうして、堰を切ったように、離婚の直接のきっかけまで話したのだろう。多分、良秋に、元の亭主と正反対の何かを感じたのだろう。《この人なら、千波と共に歩いてもらえる》と思ったのだ。

クーラーは切ってあった。風があると気になるたちだった。寝苦しくなる前に、眠りの海に落ちるようにしていた。早朝に目を覚ませば、爽やかな風を入れ、涼しいうちに、軽くもう一眠り出来る。

枕に頬を寄せながら、牧子は、自分の別れたわけも思い返した。世間的には性格の不一致ということになる。

牧子は、自分の感情を殺す方だ。その殺し方が下手だった。我慢しているということが、相手に分かってしまう。じっと耐えていられるのが、相手には鬱陶しくてたまらなかったのだ。

結婚前には、二人で楽しんで聴けた曲があった。仲がぎくしゃくし始めた頃、それをかけてみた。強弱のある曲だった。大きな音になったところで、夫は《うるさい》といった。牧子は、音を絞りフェイドアウトしてスイッチを切った。そういう身の引き方が、彼を余計苛立たせた。

牧子は思っていた。控えめに見えても、自分にはしたたかなところがあると。決して、弱いばかりの人間ではないつもりだ。しかし、相性ばかりはどうしようもない。夫が、自分を嫌悪していることがよく分かるようになった。《このまま、一緒の生活を続けていれば、お互いも、娘も傷つくだけだ》と考えるようになった。

人と人との関わりとは、本当に難しいものだ。

二

翌日も、からりと晴れ上がった。暑いのは分かり切っていたが、気分転換もかねて神保町に出た。古書店の前の台に並んだ背表紙を眺めたり、ちょっと贅沢をして、本の天地と小口に涼しげな銀の塗られた詩集を買ったりした。

歩いているうちに、美術系に強い洋書屋の前まで来た。そこで、写真関係の本を選んでいる女の子と、ばったり出くわした。

黒のサテンのワンピースを着て、トートバッグをさげている。洒落(しゃれ)たサングラスをかけていたが、勿論、誰とはっきり分かる。これもまた、中古の品物を賢く揃えたのかもしれない。肌を切るように空気の冷たかった二月、青山のライブハウスの前でも、見つけた顔だ。この子が、こういう書店にいるのは、いかにも自然だった。

「玲ちゃん」

と、声をかけた。

古書店ばかりが目立つ、神保町の通りだ。その途中に、《プルシャン・ブルー》という小さな看板が出ている。見過ごしてしまう人も多いだろう。牧子自身、知り合いの編集者に教えられるまでは、そんなところに喫茶店があると気づかなかった。

玲を連れて、看板の横手の、暗い階段を上る。ドアを押して右に目をやると、幸い、通りを見下ろす席が空いていた。壁で仕切られているので、狭いが明るい、貸し切りの小部屋のようだ。

「このコーナーが好きなの」

「いいですね。——こんなとこがあるんだ」

壁に沿って、細長いテーブルがついている。前面は窓だ。狭い席なので、落ち着く。ごく普通の家の二階の隅から、通りを見下ろすようだ。大きな喫茶店の窓際(まどぎわ)に座った時とは、感じが違う。

「特に、寒くない時がお薦めね」

目の前に、街路樹の、人でいえば肩や頭にあたる部分が見える。向かいの明るい歩道を、忙しそうに、夏向きのワイシャツやワンピースが行き来している。こんなところから眺めている目の存在に、思いが及ぶ筈もない。知っている誰かが通ったら面白いだろう。隠れ蓑（みの）をかぶって、日常という舞台を覗（のぞ）いているようだ。

「窓際だから、確かに冬は冷えそうですね。でも、ちらちら雪が降ってたら、きっと素敵」

寒さは、今、ここにない。雪の降る季節は、まだ遠い。

少し、汗が引いて来たので、牧子は紅茶を頼んだ。玲の方は、若い体に暑さが残っているのか、《ジンジャーエール》といった。

飲み物が届いてしまうと、区切られた空間は二人だけのものとなった。玲がいう。

「――御心配おかけしたんだろうと、思います」

「……え？」

「わたしと父とのこと、――トムおばさんから、お聞きになったんでしょう？」

もうふた月ほど前になる。確かに、千波から聞いた。玲のその件は、二人ともずっと気にかけていた。話すのは、全く自然なことだった。しかし、当事者からいわれると、軽々しい噂話（うわさばなし）をしたようで、返事に困る。

そういう揺れを読んだのか、玲が柔らかく続けた。

「――いいんです。おばさんたちが、わたしのこと、真剣に心配してくれたの分かりますから。それに、あの時、トムおばさん、――本当は、牧子おばさんを呼ぶつもりだったんでしょう？　――呼んで、一緒にさばの味噌煮を食べるつもりだったんでしょう？」

牧子は、ちょっと驚き、

「どうして、そう思うの？」

「おばさん、『さばの味噌煮』の歌を作ったでしょう？」

「ああ……作ったっていうか、……まあ、作ったわよ」

しまらない答えだ。

「あの時、トムおばさんが、それを歌ってました。それから、わたしと一緒に、さばの味噌煮を食べてくれました。――おいしかった」

「うん」

「そのさばですけど、二切れあったんです。わたしが来る前から、料理が始まってた。――何も考えないで食べちゃいました。――でも、後になって思ったんです。《だとしたら、一切れは、牧子おばさんの分じゃないか》って」

牧子は、紅茶を啜りながら、ちょっと考え、

「だけどね、さばって一切れだけじゃ売ってない。一番少ないパックが、普通、二切れだわ」

「そこなんです」

と、玲は身を乗り出した。

「――トムおばさんは、あの時、まだ一人暮らしだったでしょう?」

「ええ」

「自分だけで食べるとしたら、夜も、次の朝も、味噌煮になっちゃいます。つまらないでしょう。――トムおばさんが食べるんなら、ひとつはとっておいて、塩焼きにするんじゃないでしょうか。今度はさっぱりして、また、おいしいから」

塩の焼ける香りが、ふと漂うようだった。よく頭の回る子だな――と思った。こういう閃き(ひらめ)が、もしかしたら実の父にも、あったのかも知れない。どこかに親の面影が出るというのは、あり得ることだ。

だが、一握りの同じ砂を撒(ま)いても、その度に違った形が出来るように、子は親とは別のものだ。さきがさきであり、牧子が牧子であるように、玲は玲なのだ。それぞれが、それぞれの足取りで歩いて行く。

牧子は、玲のいう日のことを思い返しつつ、正解をいった。

「あの時はね、電話でトムさんに『さばの味噌煮』の歌のこと、話したの。そうしたら、二人とも、急に食べたくなっちゃってね。――そんなことってあるでしょ。で、あの人が《こっちで作るから、食べに来ない?》っていい出したの。《出来たら、電話する》って」

「やっぱり」

「電話はあった。でも、《ごめん》ていうの。《玲ちゃんが来るから、一緒に食べる》って」

玲は、ぺこりと頭を下げる。

「すみません」

「とんでもない。一大事なんだから、そっちが優先。決まってるわよ。――で、夜に仕切り直しをして、あなたのことを、話し合ったの。つらいだろうけど、何とか乗り越えてもらいたかった」

玲は頷き、

「おかげさまで、いくらか落ち着きました。――父は、事情が分かっていても、わたしを本当の子と思ってくれたんです。そうだと信じられます。――だったら、わたしにも、それが出来なきゃおかしいです。もう大人だから、そう考えられます。思いを返すっていうか、――恩返しとまでいったら大袈裟過ぎますけど――」

「玲ちゃん、あなた、恩返しなら、とっくにしてるわよ」

「え」

「子供ってさ、親に何かをさせてくれるだけで、――そういう相手になってくれるだけで、もう十分、恩返ししてるんだけどね、あなたの場合は、もっと具体的なのがある」

「……何ですか」

「随分、昔のことだけどね、子供の話になった時、日高さんがいってた。一家で、東京に行ったんですって、あなたがまだ小学生の頃よ。人がいっぱいだった。気がついたらね、小さいあなたが、一所懸命な顔して、――日高さんのジャケットの裾を、しっかりつかんでた。お父さんと、はぐれちゃいけないと思ったのね」

「……」

「日高さん、いった。《自分の生きてた意味が、その時、見えた》って。悪いけど、わたし、笑っちゃった。――でも、真剣な話だったの。あなたの無垢の信頼を見たんですって。そういわれちゃうと、そういうことって、小さい子供にしか出来ないかも知れない。《こんなに信じてくれるものがいる》と思って、あなたを拝みたくなったそうよ。――最初っから、親と子の間で、返す返さないなんて、考えるのがおかしいんだけどね。でも、あえていうとしたら、そういう一瞬を、与えてあげただけで、あなた、もうお父さんに、十分過ぎるほど恩返ししてる」

牧子は、その後に、さらりと付け加えた。

「――それでね、さばの一切れは、確かにわたしの分だった。でも、トムさんなら《片方は塩焼きにする》ってのは買いかぶり。面倒臭いから、両方煮るわよ、あの人」

三

炎天の季節は、健康な者にもつらい。千波には、なおさらこたえるようだ。それでも、クーラーの利いた室内にこもるだけではない。肺に処置をする必要があるらしく、定期的に通院する。時折、放送局にも足を運んでいた。

牧子は、良秋のいない日中を、自分の主な持ち分のようにし、千波を訪ねた。夏休みで帰って来たさきと、連れ立って行くこともあった。ギンジローがいたから、自然だった。八月も終わろうという頃には、さきから病状について、改めて問われるようになった。聞くさきの口調も重い。千波のやつれが、はた目にも明らかになっていたのだ。もう、ある程度のことはいわねばならなかった。

休みの日、夕食に呼ばれたり、呼んだりすることもあった。そういう時は、良秋も一緒だ。美々も来たりする。

「旦那様、何だかすっかり生まれ変わっちゃったわね。同じ人とは思えない」

これは、牧子と美々が口を揃えていう言葉だ。

「あか抜けたでしょう？　前は、あかだらけって感じだったけど」

と、千波。良秋は、包むような視線をそちらに向けながら、

「おいおい、ひどいなあ」

「特にね、ファッションセンスのない男って、足元が、全く無防備なのね。どうにでも攻めて下さいって感じ。この人なんか、右と左で違うカラーソックスはいてても、平気だったんだから。——しかもね、そのどっちもが、ぞっとするような趣味なの」

「でもさ、どうせ見えやしないよ。靴履いて、ズボンの裾が下りてたら」

「ほら。——どうしようもない男でしょう?」

　と千波は微笑み、

「こういうのって血筋なのかなあ」

「鴨足屋一族には、センスがないかい?」

「ううん、御両親は御立派よ。そうじゃなくて、こっちの方。わたしの母親ってね、わたしが子供の頃、あれこれ、着せたがったの」

《そうそう》と、牧子が頷き、

「素敵だったわよ。わたし、あなたのファッションに憧れてたの。教室で、なかなか声かけられなくて——ほら、覚えてる? 帰り道の、床屋さんのところでナンパしたの」

　美々が、意外そうに、

「へぇー、牧子の方から声かけたの? 意外ね。迫るのは、トムさんの方みたいだけど」

「わたしは孤高を保ってたわよ。——孤高の小学二年生」

「本当にそんな風だったわ、トムさんて。――でね、あの頃の小学生は、行きこそグループだけど、帰りはばらばら。――わたしが、床屋さんのところまで帰って来たら、トムさんが硬い顔して突っ立ってた。一人だった。ポスターでも睨んでたのかなあ。何か、嫌なことがあって、すぐに帰りたくなかったのかもね。――トムさん、ワンピースを着てた。それだけで、ちょっと珍しかったのよ。小学生の女の子は、大体、吊り紐のついたスカートか何かはいてたもの。どきどきした。近づいたところで、《同じクラスよね》って、声かけちゃった。遊ぶ約束をして、うちにランドセル置くと、そのままついて行った。――《こんな子のうちって、どんなだろう》って思った」

「そしたら、狭いアパートでね」

「でも、子供の本がいっぱいあった。それで十分。あの本がね、わたしたちの、――美しい友情の出発点よ」

「要するに、遠慮会釈なく借りてったってことさ」

それから、大学のキャンパスでの話になった。連れ立って歩いていた牧子たちが、美々を見つけたのだ。高校時代に知った顔は懐かしい。三人で話すようになった。

会話は、しばしば回顧的なものとなった。良秋は脇で、興味深い連続ドラマを聞くように耳を傾けていた。

日が金箔のように輝く夏から、季節はやがて秋に進み、さきが寮に戻る時も近づいて来た。

すでに何か月か、寮生活を送ってみると、あると便利なものに気づく。向こうで買えばいいものもある。こちらで、親子で選びたいものもある。荷物になる心配はない。宅配便で送ればいいのだ。二人で、郊外の大型店に出掛けた。

家で必要な洗剤やら何やらも一緒に買い込んだから、かなりの量になった。《御自由にお使い下さい》と書かれた段ボールの箱二つに詰めた。箱を抱え、駐車場に向かったから、足元が見えにくい。途中に、花を売るコーナーがあった。鉢の上に様々な色が、絵の具を撒いたように並んでいた。牧子は、スロープになっている通路から、そちらの前に入り、花々に気を取られながら歩いた。

そうやって進み、何歩めかの右足を踏み出した時だ。歩いて来た位置より下に、踏むべき地面があった。通路との間に、わずかな段があったのだ。いつもなら何でもなく、楽々と通り過ぎて行ったろう。だが、牧子の足は、妙な形によじれて着地した。よじれたままに足が滑り、踵（かかと）の辺りで骨が伸びて動くような、気味の悪さが走った。

「お母さんっ！」

さきが叫んだ。

牧子の抱えていた段ボールの箱が投げ出され、中の物が、がらがらと騒がしい音を立て、周囲に散乱した。牧子はつんのめるようにして倒れ、コンクリートの地に這（は）った。激痛が足首から突き上げ、喉元（のどもと）に詰まった。息が止まるようで、声にならない。ややあって、やっと細々と、呻（うめ）きを押し出せるようになった。

背中に、降り注ぐ初秋の日を感じた。さきが、散らばったものを段ボールに納めているらしい。周囲から、視線が集まっているようだ。

そんなことを思いながら、牧子は、歯を食いしばり、ざらざらしたコンクリートに額を擦り付けた。あまりの痛さが、そうさせるのだ。

――この姿は、まるで、苦しみを引き換えの捧げ物とし、身を投げ出して、祈っているようだ。わたしは、何に、何を祈っているのだろう。

鼻先を、小さな蟻が、毎日の勤めを果たそうと、律義に歩いて行く。

「救急車、――救急車、呼びましょう」

男の声がした。駆けつけて来た、店の人だろう。体の位置を変え、正面を向いて座るだけでも大仕事だった。わずかでも右足を動かすと、それだけで激痛が襲って来る。顔を寄せて来たさきに、やっと、かすれ声で、《折ったかも知れない》と告げた。そして、無理な笑みを作りながら、付け足す。

「……やっぱり、カルシュウム足りなかった」

思いの外早く、救急車がやって来た。それだからこその救急車だろう。

駐車場に、自分の車が残ってしまう。それをいうと、店の人が、

「うちの方は、二、三日置いといてもらっても、全然、構いません。でも、中に荷物とかあるでしょう。お嬢さんが脇に乗ってくれれば、うちの者に運ばせます」

その言葉に甘えることにした。さきの方は、うちから自転車で病院に来ればいい。

牧子は、生まれて初めて担架に乗った。見上げた空には、綿屑(わたくず)のような、小さな雲がぽつんと浮かんでいた。

四

運び込まれると、まず、痛み止めの薬を貰った。

「これは痛かったでしょう。――よく我慢しましたねえ」

と、看護師さんにいわれた。子供ではないから、まさか泣きわめくわけにもいかない。ただ、歯を食いしばっていただけだ。しかし、こんな時でも《偉い、偉い》という調子でいわれると、《それでは、しっかりしよう》という気になる。

すぐに、右足首のレントゲンを撮ってもらった。説明を受ける時には、さきも間に合って、脇の椅子(いす)で聞いた。

レントゲン写真の骨は、足首の辺りで何か所か、はっきりと折れていた。飲んだ薬が効いてきて、言葉のやりとりも普通に出来るようになっていた牧子だが、それを見ると改めて痛みがぶり返しそうになった。

「ああ、これはよくあるんですよ。サンカ骨折です」

「サンカ?」

「三つの《三》に、果物の《果》です。三果骨折」

即刻入院ということになってしまった。手術は腫れが引いてからでないと出来ない——ということで、一週間ばかり先になる。

四人部屋のベッドに横になり、足は保冷剤で冷やす。

「ごめんね、これから授業が始まるっていうのに」

「ううん、大丈夫、手術が終わったところで、あっちに行くよ。その後は、時間割りと相談して、三日に一回ぐらい帰って来るからね。洗い物は溜めておいて」

寮が神奈川だから、助かった。関西や東北だったら、こうはいかない。取り敢えず、さきから、実家と美々にだけ連絡してもらう。

行動の早い美々は、早速、飛んで来てくれた。事情を話して、相談する。

「どうしよう、トムさんにもいわないといけないかな。心配かけたくないんだけど」

「黙って、連絡を絶つわけにはいかないよ。サハラ砂漠に出掛けました——なんて嘘もつけないしね。——わたしから、伝えとく」

そんな話をしているところに、引かれた白いカーテンの向こうから、声がかかった。

「こちら、水沢様でいらっしゃいますか？」

聞き慣れない声だった。

「……はい」

と、答えると、

「失礼いたします」

と、丁重にいう。カーテンを、ゆるゆると開けたのは、背広にネクタイの中年男だ。牧子が今日転んだ店の、店長だった。菓子折りを置き、頭を下げて帰って行った。

そこまでしてくれるのか、と驚き、

「随分、丁寧なのね。車は運んでくれたし――」

美々は笑って、

「訴えられたら面倒だからだよ」

と、現実的だ。

千波は、翌日の夜、良秋に付き添われてやって来た。削いだように落ちた頬に笑みを浮かべて、いった。

「――こっちが見舞いに来るとはね」

ベッドから笑みを返しつつ、牧子は、《少しでも早く、治りたい》と思った。

だが、意地の悪いことに一週間後の手術当日、朝の検温の熱が八度を超えてしまった。風邪らしい。そんな状態では、メスが入れられないようだ。さらに一週間、手術が延びてしまった。さきは一旦、寮に戻ることになった。

牧子は、横になりながら、電車に乗って遠ざかるさきのことを思った。するとふと、童話の一節を暗唱するように、《……昔々、マキイコウの町にサアキイという、それはそれは可愛い女の子が住んでいました》という言葉が、口をついて出て来た。

遅れた手術もやがて無事に終わり、一週間後からはリハビリが始まった。最初は、足を温めマッサージするだけだった。そのうち、《両脇に松葉杖(まつばづえ)を挟んで、病室まで帰ってみなさい》といわれた。右足は、ほとんど着けない状態ながら、何とかやってのけた。

千波の様子は、美々が時々やって来て、知らせてくれた。思わしくないようだ。《こちらから行けるようになるまで、お見舞いなんかいいから》と伝えてもらった。

前の入院の時は、千波にすっかりおんぶしてしまった。今度は自分が、手助けする番だと思っていた。それなのにまた、こんなことになってしまった。何とも、もどかしい。

十日も経(た)つと、体重計を出された。リハビリの先生がいう。

「片足だけ、乗せてみて下さい」

右足をかけ、じわじわと体の重さを加えてみる。全体重をかけた気になっても、指す目盛りはやっと二十キロぐらいだった。まだまだ、足首が負担に耐えられないのだ。

今まで、ごく当たり前にやってきた、自らの重みをかけて《立つ》という、ただそれだけのことが、どれほど大変か、改めて思い知らされた。

五

リハビリは順調に進んだ。一日に何度か、松葉杖を使って、病院の廊下を歩くようになった。足をつくと、勿論、痛い。だが、もう少ししたら、松葉杖も片方だけに出来るだろう。そういう希望が励みになった。

読んでいた長い小説が、切りのいいところまで来たところで、牧子はベッドを降りた。病院の早い夕食が来る前に、一汗かいて来ようと思ったのだ。歩くようになってから、日中は、動きやすいジャージーの運動着になっている。出る時、それにカーディガンを引っかける。

左足で体重を支え、壁に立て掛けてあった松葉杖を取り、腋の下に入れる。すっかり日が短くなったが、まだ暗くなってはいない。練習を始めた最初は、左足をつき、次に両方の松葉杖に体重を預ける――という感じだった。痛む箇所に負担をかけられなかった。今は違う。出来る範囲で右足を使う。それでないとリハビリにならない。

牧子がいるのは、第二病棟の三階だ。渡り廊下を越え、ゆっくりと第一病棟の端まで歩を進め、同じ通路を戻って来る。病室、ナースセンター、待合室と通り過ぎ、足首の痛みをこらえつつ、少しずつ進む。

渡り廊下の窓は広く、秋の西日が斜めに差し込んでいた。子供の頃来れば、中空高くかかる橋かと思うかも知れない。そこまで来て、牧子は行く手に目をやり、信じられない人を見た。

壁に手を突き、ゆらりと立っている姿は、絶対安静の病人が、何かの間違いで部屋から出て来たかのようだ。事実も、それと大差あるまい。

「……千波！」

なぜ、ここに——と思った。

二人の視線は、長い渡り廊下の中央で絡み合った。千波と牧子は、夢の中で、意地の悪い何かに邪魔され、動かぬ足を動かすように、一歩一歩、近づいて行った。

千波は、ベージュのニットのワンピースに、薄手の栗色のジャケットを着ていた。その半身が、横からの、一日の終わりの光に照らされていた。

もうひと月近く会っていない。側に寄るに従って、千波の様子の尋常でないことがはっきりとして来た。体は一回り小さくなった感じで、強い意志の力で、やっと手足を動かしているように見えた。

思わず、足を速めようとすると、千波はやつれた手を上げ、制した。そして、指で牧子の足を指す。危ないというのだ、倒れたらどうするというのだ。

脇を、制服の高校生が何人か、楽しそうに笑いながら通り過ぎて行った。友達の見舞いに来たのだろう。

牧子は、自分を落ち着かせようと唇を噛み、ゆっくり松葉杖を使った。渡り廊下の中ほどに、濃紺の長椅子が置いてあった。後ろの壁には、医療関係のポスターが、並んで掲示されている。二人は、どちらからともなく、そこに、崩れるように座った。

その位置からだと、向かいの窓に見えるのは空ばかりだった。日が落ちかかっているせいで、上空は青みがかって薄暗く、下にいくに従って明るくなっていた。窓の下端は、紅色と藤色を混ぜたような、時に蘭の花びらにあるような柔らかい輝きに飾られていた。

千波は、体を背もたれに預け、しばらく呼吸を整えていた。息も絶え絶えのようだった。

どうにかしてやりたいという思いが込み上げ、その思いが行って帰るように、《良秋は、なぜ隣にいないのか。何をしているのか》と責めたくなった。

「……一人なの？」

続けて《どうして》という問いが、口から出かかった。そこで、ようやく判断力が戻った。牧子は自分の愚かさを恥じ、うつむいた。

千波は、《明日になれば、自分はもう、一人では出掛けられない》と悟ったに違いない。そのぎりぎりの思いに突き動かされ、タクシーとエレベーターを使い、何とか、ここまでやって来たのだ。わざわざ、ただ一人で、――石川千波となって、会いに来てくれたのだ。

千波は咳をした。それでまた、ひどく疲れたようだ。しばらく、牧子の顔を見つめていたが、ふと、見知った、懐かしい子供の名をあげた。

「……さきちゃんは？」

「時々、来てくれる。今は神奈川だからね。大変なんだ」

牧子は、ありふれた日常会話の口調を保ち、努めて明るくいった。

「――ついこの間まではね、いつも、あの子が隣にいた。でも、病院に来ちゃえば、さきが側にいないのも当たり前。――環境の変化は、こっちの方が受け入れやすいかな」

千波は、潤いを失った唇を、そっと動かしていった。

「……遠くに行ったから、離れるとは限らないよ。……わたし、母がいなくなってから、かえって、……ずっと側にいるような気がする」

「――そうだね。そういうことはあるよね」

千波は顔を上げ、窓を見た。

仰ぐような光に前からくるんでもらうと、少しだけ、激しいやつれの影が薄らいで見える。その分、皮膚に浮かんだ衰えが、痛々しく明らかになった。

「……ギンジローの世話は、あの人がするって。でも、時々は、さきちゃんと一緒に、……頭でも撫でに来てやってね」

牧子は千波の横顔を見つめ、鏡に映る像のように自分もまた窓の方を向き、頷いた。

「――うん」

「……不思議なんだ。わたしの生まれたところって、確か、とっても綺麗な川が流れていたんだ。それでね、あの人の街にも、……水の澄んだ、流れの速い川があるの。富士山の湧き水が集まって、流れて来るんだって……」

一瞬、無邪気な子供のはしゃぐような、軽やかで明るい水音が、耳に響くようだった。

「縁があったんだよ、きっと。――どっちの水も、いずれは海に行って、溶け合うんだね」

しばらく、そのままでいた。日の位置が、さらに下がったかと思えた時、千波が長椅子の縁に手をつき、ゆっくりと体を起こした。まだ明るいうちに、外を見たいようだ。牧子も、松葉杖を取って立ち上がった。

正面の窓に寄ると、続く街並みの彼方に日が沈もうとしていた。うちにいれば、辺りが暗くなったと思うだけだろう。高い位置から、西側を見ると、太陽のある辺りから明るい薄紫の布を広げたように、小さな家々が染まっていた。地方の街だから、大きなビルはない。それでも、ところどころにある壁面の広い建物の、日に向かっている側は、光の刷毛で塗られたようにまぶしく輝いていた。

千波は窓に額を当て、ぽつりといった。

「……わたし、もうしばらくしたら、ホスピスに入るから……」

牧子は目を閉じ、ややあって開いた。建築素材によるのか、金色の砂をまぶしたように、きらきら光る建物もあった。

「ごめんね、――行けなくて」

千波は、首を横に振り、

「……そのために……神様があの人をよこしてくれたんだ。……わたし近頃、あの人に、随分、ひどいこと、いったりしてる。……苦しくって、そうなっちゃうんだ。自分が嫌になる。……せめて、牧子には、そんなとこ見せたくない。牧子は来ないで。……それで、胸の中に、今までのわたしだけしまっておいて。……そうしてくれた方が、ね、助かるんだ、わたし。……牧子にはもう長いこと、付き合ってもらったよ」

千波は、間を置いて、息を整え、

「……中学の時、変電所まで行ってくれたろう？」

牧子は、じっと沈もうとする日を見つめていた。中学一年だった。夏だった。忘れるわけがない。あの時は、こんな時刻に歩き始めたのだ。夕日を追いかけるように。

「……無茶いってるって分かってたんだ。牧子には、すっかり迷惑かけちゃった。帰ってから、わたし、母にぶたれたよ。子供みたいに。……牧子も、随分、怒られたろう？」

「――そりゃあね」

「……草むらに腹這いになって、電気の音を聞いたよね。あんなことを一緒にしてくれる相手は、牧子しかいなかった」

千波は、牧子を見つめ、やさしくいった。

「……ああいう時、あんたが女の子だったら、わたしが押さえ付けて、……恋人同士になっていたんだろうね」

思わず笑いながら、牧子も千波を見た。そして、わざといわれた言葉を律義に受け止めて、返した。

「わたしは女の子だったわよ。あなたが、男の子だったら――でしょう？」

千波も笑い、それから真顔になり、

「……女同士だったから、ただの友達で、……会わない時には、一年以上も会わなかった。……でも、今、考えれば、そんな時でも、あなたが……この世のどこかに、確かにいてくれるってことが、ずっと……わたしの、支えだった」

窓の外が暗くなりかけ、千波が大きく咳き込んだ。それが、いわず語らずのうちに、足を踏み出すきっかけになった。

正面玄関に近い、第一病棟のエレベーターに向かった。休み休み、進んだ。

千波が、いった。

「……昔は、よく二人で、こうやって並んで、歩いたり、……走ったりしたっけね」

ホールまで来た。牧子は、友の身を気遣い、一緒に降りようとした。だが、千波が揺るがぬ色を見せて、断った。

「……切りがないよ。ここまでにしよう」

そういって、手を差し出した。牧子は左に重心を置き、腋の下で松葉杖を支えるようにして、その、痩せた手を握った。

エレベーターが一度開いて閉じ、下に行った。二度目に降りて来た時、千波が手をほどいた。

エレベーターには、何人かの先客がいて、《開く》のボタンを押していてくれた。

千波が乗り込み、こちらを向いた。名残を惜しむ間もない。ドアは、千波と牧子の過ごして来た数十年の時と比べれば、あまりにもあっけなく閉じ始めた。千波の乾いた唇が、その時、《さよなら》と動いた。声には出ない。

《ああ……》と思う間もなく、千波の《ら》の形の唇に、両側から硬い白の扉が迫り、音を立てて視界を断ち切った。

牧子が、呆然と見つめる目の前で、横の階数表示が動いた。数字はオレンジ色に輝きながら《1》を示して止まった。

エレベーターの箱が、やがて再び上がって来て、開く。千波は、いない。その空虚さを見て、牧子は、全身で悟った。これが、永遠の別れなのだと。何人かが乗り込み、エレベーターはまた動いて行く。

「――どうか、なさったのですか」

同じ格好で、ずっと立ち尽くしていたのが、気にかかったのだろう。看護師さんのかけてくれた声で、牧子は、ふっと我に返った。

「いえ……」

病室に戻ると、夕食が来ていた。主菜は魚の煮付けだった。いつもは自分で取りに行く。残っていたので、看護師さんが、ここまで運んでくれたのだ。食事の出来たことを示すアナウンスがあった筈だが、今日は耳に入らなかった。

食べられるだけ箸をつけて、廊下のワゴンに返した。

やがて、消灯時間が来て、病室が暗くなる。横になった牧子は、千波と二人で変電所に向かった、遠い夏の日のことを思い返した。

長く暑い休みが、終わりに近づいた頃だ。牧子は、夕方から千波のアパートに向かった。これといった予定もなく、退屈だったのだ。日盛りでなければ、外に出た方が気持ちもいい。前もって、電話でいるかいないか確認はしなかった。ふらりと訪れ、駐輪場に自転車を停めた。アパートの階段を上り、呼び鈴を押す。

ドアを開けた千波は、胸元に魚の絵の描かれたTシャツを着ていた。

「おう」

と、ぶっきらぼうな声で迎えた。

千波の母は、教師だった。しかし、夏休みも色々仕事があるらしい。なかなか帰って来なかった。日が傾きかけた頃、千波がいった。

「変電所に行ってみないか？」

六

どこのことかと思った。

アパートの裏手は、田圃（たんぼ）だ。その中の道をずっと行くと、電線の集まる、金網で覆（おお）われた施設に着く——という。

「この間、一人で行ったんだ。真っ暗な中で、そこだけ、妙に明るくってさ。機械が、ぶーんって音を立ててるんだ」

テレビアニメに出て来る、秘密基地か何かのようだ。千波の口ぶりからは、さほど遠くとも思えなかった。麦茶を飲んでいたコップを洗って、流しに置き、外に出た。アパートの裏の、垣根の間に、人の通り抜けられる穴が開いている。いや、開けられてしまったのだ。正式な通路ではないが、子供たちがよく使っている。そこをくぐると、一面の田圃が広がっていた。

稲の実りの色は、田によって微妙に違う。まだ黄色の底に、ほのかに緑を残すもの、取り入れを待つ、黄金の色になったもの——と様々だ。平野のあちこちに、わずかな濃淡がある。風が渡るにつれ、波を打って穂が揺れる。ところどころに、林ともいえないほどの木々が、緑をつまんで置いたように見える。北東はるか遠くには、二つの頂を持つ筑波の山影が望めた。

用水路の土手を、他愛のないおしゃべりをしながら歩いた。二人ともジーンズだったから、草や虫を気にすることもなかった。時の経つのを忘れていた——しばらくは。

牧子は空色のポロシャツを着ていた。だが、いつの間にか、その地が、迫る夕闇の中で、灰色っぽく見え始めていた。薄暗さが不安をかき立てる。振り返って西に目をやると、日はすでに大地の下に隠れようとしていた。

「ねえ、……まだ?」

夏の日の入りは遅い。もう、かなりの時間になっているだろう。しかも、これからまた同じ道を、戻らねばならないのだ。

母には、《石川さんのうちに行く》と、いって来た。《話し込んでいるのだ》と、家では思ってくれるだろう。それにしても、お祭りの縁日に出掛けたわけではない。極端に遅くはなれない。

だが千波は、硬い表情で答えた。

「もう、ちょっと――」

そして珍しく、わずかにすがるような声音(こわね)で、《帰るかい?》と付け加えた。

その時、牧子は突然、了解した。《千波は帰りたくないのだ》、そして《不安なのは、わたしよりも千波なのだ》と。

それは理屈を越えた思いだった。

何げなく聞いていたが、千波は《真っ暗な中で、一人で変電所を見た》といった。当てもなく歩き続けて、そんなところまで行き着いたのだろう。中学生だ。その上、女の子だ。闇が辺りを覆い尽くしてから帰ったのなら、さぞ怒られたことだろう。一人っ子の千波が、過ぎるほどに可愛がられていることは、見ていれば分かる。母親の心配は、一通りではなかったろう。

――だからなのだ。

と、牧子は思った。だからこその、やり切れない、根深い何かがあるに違いない。

でなければ、どうしてそんな《散歩》をするものか。

「――行く」

と、牧子は答えた。

都会の子がネオンの街に出て、遊び回るのに比べたら、こんな夜の冒険は、はるかに童話じみている。だが、馬鹿馬鹿しく見えても、きっと千波にとっては、ぎりぎりの行動であり、自己主張なのだ。もし一人で歩むのがつらい道なら、一緒に行こう。選べることではない。そうする他ないのだ。

一旦、闇が落ちかかり、広がり始めると、後は速かった。空には、錐で突いたように星が光り出した。そうなると、暗い地上の目標が、はっきりと見えて来た。一面の田圃の中で、そこだけが輝いている。

細い、草深い土手を進むにつれて、様子が分かって来た。大きな鉄塔が脇に立ち、そこから電線が何本も降りている。下には鉄骨で組まれた櫓のような、大きな枠がある。その内や外に、灰色に塗られた、様々の設備があった。白いおはじきを何十枚か重ねて棒状にしたようなものが、あちらこちらに見えた。何のためのものか分からない。辺りは闇の底に沈んでいるのに、そこだけが照明を受け、黒い海に浮かんだ魔法の船のようにまぶしく光っていた。施設の全体は、銀色の金網できびしく囲われていた。

牧子は思わず、いった。

「綺麗――」

「そうだろう?」

千波は、もう少しで変電所の光の届きそうなところまで来ると、足を止めた。草が低く、横になりやすそうなところを指し、

「伏せて」

牧子は、一瞬とまどい、次にいわれた通り腹這いになった。夏の草の、乾いた匂いがした。千波も続いた。そして、隣から囁く。

「……こうしてると、ほら、……ぶううーんって、電気の音がするだろう?」

辺りは、静寂に包まれていた。

星空は大きく頭上を覆い、この世界にいるのは牧子と千波、二人だけのようだった。秋にはまだ間があったが、気の早い虫の鳴く、か細い声がどこかでしていた。それが、かえって静けさを深めていた。後はいくら耳を澄ましても、千波のいう音など響いてはこない。

だが牧子には、――聞こえる、と思うことが、ごく当たり前のように出来た。

――電気とは、千波とわたしの間に、今、流れているもののことなんだ。

髪の短い、少年めいた千波の影に向かって、牧子は、こくんと頷いた。それで、二人の心が重なったような気がした。

帰りは、勿論、来た時より急いだ。しかし、道は、どこまでも続いているようだっ

た。夜風の涼しさこそ、頰に心地よかったが、これから自分の家に帰り、父母と顔を合わせねばならないのだ。それを思うと、心臓が胸の中で暴れた。千波のアパートに着くと、すぐに駐輪場に走り、自転車のハンドルをつかんだ。

牧子は、暗い病院の天井を見上げながら、思い返す。

——夏の夜の父は、いつもビールを飲みながら野球中継を見ていた。だが、あの日はテレビどころではなかった。門の前で、黒い影になって待っていた。わたしは必死で、《千波と散歩に出て、道に迷ってしまった》と言い訳した。手こそ上げられなかったが、随分と叱られた。女の子二人だけで、田圃の中の夜道を歩いていたのだ。間違いがあったら、取り返しがつかない。おかしな人に会わなくとも、野犬に襲われただけでも大変だった。もう少し大きくなっていたら、あんな《冒険》は出来なかったろう。

変電所には、それから一度も行っていない。

中学三年の時、千波が今の家に引っ越し、その後、牧子もこちらに来た。幼い日々を過ごした街から、二人とも離れてしまった。

これからどのような人生を歩むことになるか、互いに想像も出来なかった中学一年の夏、千波と共に見上げた変電所。思い返せば、闇の中に浮かんでいた、華やかな電気の城は、ただ、あの時だけ存在した、幻のようでもある。

実際、しばらく前、実家で聞いたところによれば、あの辺りの田圃は埋め立てられ、大きな工業団地になってしまったという。

白いカーテンに仕切られた、狭い空間の中で、牧子は眠りを忘れたように、遠い夜の輝きを思った。

七

牧子のリハビリは、順調に進んだ。松葉杖を片方だけにし、やがて、それもなしで歩けるようになると、屈伸や爪先(つまさき)だちの練習をした。痛みは、かなりあった。だが牧子は、我慢することがさして苦にならないたちだった。階段の昇降訓練もした。

そうなってようやく、家で一泊して来る許可が出た。さきが帰って来て、土日を一緒に過ごした。鬱陶しくなっていた髪も、美容院で切ることが出来た。杖も買った。

千波は、有明(ありあけ)の病院のホスピスに入ったという。良秋だけに面倒を看てもらい、他の人の訪問は断っているそうだ。さらに十日ほど経ち、牧子の退院も、間近に迫った。

気持ちのいい午後だった。わずかに開けられた窓から、爽やかな風が入って来ていた。昼食を終えた牧子は、隣のベッドのおばあさんと、とりとめもない世間話をしていた。そこに突然、美々がやって来た。

面会が許されるのは、三時を過ぎてからだ。当たり前なら、まだ早過ぎる。美々は胸に、くっきりと目立つ、赤い札をつけていた。番号が記されている。ナースステーションで特別に借りる、時間外面会の印だった。

美々は数歩近付き、牧子を見た。その表情で、牧子は、全て（すべ）を悟った。

「……いつ？」

とだけ、聞いた。美々が答える。

「――今朝。八時頃だって」

朝食の時だ――と、牧子は思った。わたしは、ここで御飯を食べていた。

後を聞こうと思ったが、言葉が出なかった。美々に、《一時間ぐらいしたら、また来ようか？》と問われ、やっと頷いた。

美々が、ベッドを囲むカーテンを引いた。隣のおばあさんに、《すみません、しばらく一人にしてあげて下さい》と断っている声が聞こえた。

歯を食いしばりながら、横になり、枕に額を押し付けた。

――転んだ時の姿勢に似ている。いや、あの時は膝（ひざ）を立てていた。そうだ、変電所の前で、こうして腹這いになったのだ。

そう思った途端、中学生の友の、若々しい声が、耳に蘇（よみがえ）った。

「……こうしてると、ほら、……ぶうーんって、電気の音がするだろう？」

肩が、どうしようもなく震え出した。牧子は、掛け布団（ぶとん）で頭を覆い、顔を枕に埋（うず）めた。

八

遺体は良秋が付き添い、その日のうちに、千波の家に帰って来た。

千波の母が、小さな墓所を用意していた寺が、すぐ側にある。葬儀は、そこであげる――ということだった。美々が行って、食事や掃除などの世話をした。

牧子も顔を出したかった。しかし、夜間外出すると九時までに戻らねばならない。行って帰ることになり、向こうに迷惑をかけてしまう。連絡を取り、翌日の午後、訪ねることにした。良秋とは二人だけで話したいことがあった。

痛めたのが左足なら車に乗れる。しかし、右なのでそうもいかない。ブレーキの踏み込みに自信が持てない。タクシーを使う。

念のために杖を持っていたが、もう、それに頼るほどではない。千波の家は、ひっそりと静かだった。玄関で迎えてくれた良秋は、趣味のいい、落ち着いた栗色のシャツを着て、髭もきちんと剃っていた。それを見ると、千波が隣に寄り添っているような気がした。

千波は、一人の頃いつも寝ていたベッドに横になっていた。仏壇と、母親の写真のある部屋だった。

「お寺に行く前に、ここに寝かせてやりたかったんです」

千波の顔は整えてあり、思い出を大きく裏切るものではなかった。エレベーターの扉越しに、最後の言葉をかけてくれた唇が、そこにあった。牧子は、あの時いえなかった《さよなら》を返し、合掌した。

通夜が明日、葬儀が明後日になる。

「大変でしょう?」

「色々と、細かいことがありますから。――疲れは、終わった後に出そうです」

「お体の方、気をつけて下さい」

良秋は《はい》と頷いた。

台所に行き、お茶を飲む。そこで、牧子が切り出した。

「トムさんの前では、聞きにくいことがあったんです」

良秋は、けげんそうに、

「何でしょう?」

「最後に会った時、トムさん、あなたに《随分ひどいことをいってる》って、いいました。そう聞いて、わたし、嬉しかったんです。――ほっとしたって、いったらいいのかな」

良秋は、掌を温めるように、茶碗を両手で持ち、聞いている。

「あの人、いつも気を張っていました。わたしや美々ちゃんに、会わなくなったのも、よく分かるんです。昔っからの友達に、乱れたところを見せたくなかったんです。きっと子供の頃から、——お母さんにだって、泣いてすがったりしなかったんだと思います。でも、——そういうトムさんだからこそ、本当の気持ちをぶつけられる人が、——現れて、良かったと思います」

　牧子は、うつむいてしばらく考え、また話し出した。

「これだけは、どうしても聞いておきたいんです。あの人も、我がままをいったり、怒鳴ったりしたんでしょう、そうすることが出来たんでしょう？　——だとしたら、わたしも救われます」

　良秋は、茶碗を置いていった。

「そういう聞き方に答えるのなら、千波も勘弁してくれるでしょう。——ちょっとは照れるでしょうけれどね」

「……………」

「ぶたれたり、つねられたりもしました。つねられると、わずかの力でも痛いし、痣が出来ます。あれには参りました。——ホスピスに入った日には、こんなこともありました。病室にテレビがあるんですよ。ビデオがある。《見たいものがあったら、持って来るよ》といったら、窓の外に目をやって、《雪が見たい》っていうんです。最上階だから、遠くまで空が広がってるんです。それを見ながら、いうんです。——困ってると、《持って来られないじゃないか、馬鹿、嘘つき》って怒るんです。——呻いている千波を、撫でていると、《こんなに面倒看られるのも、もうじき終わると思ってるからでしょう》といいました。それからすぐに、力のない手を伸ばして《ごめんなさい。わたし、いっちゃいけないことをいってしまった。ごめんなさい》と謝るんです」

良秋は、首を振った。

「――悪くなんかない。いいんですよ。そのために、ぼくがいたんだ。――お分かりでしょうけど。今いったことは愚痴じゃありません。ぼくたちは、同じ苦しみを苦しんだ――ということです。千波は、そういう一瞬一瞬も輝いていました。やり取りのひとつひとつが、ぼくたちにとっては、掛け替えのない対話だったんです」

牧子は、ただ《ありがとう》という気持ちになった。良秋は続ける。

「ぼくたちは生きる。ずっと生き続けるんです。それは二人とも分かっていた。ただ、つらかったことなら、ひとつだけあります。――千波は、最後の一週間ぐらい、ほとんど眠っていたんです。時々、目を覚ましました」

良秋は、宙に目をやって、いった。

「夕暮れ時でした。空が、紫に染まり出していた。病室の窓からは、高いビルがいっぱい見えます。子供の頃に読んだ漫画の中の、未来都市みたいでした。その窓が、少しずつ明るくなり出した頃です。千波が、ふっと目を開きました。そして、はっきりした声で、《夢を見ていた》っていうんです。――《川の土手を、あなたと三人で歩いていた。小さな子供が一緒にいた。肩車をしてやったり、わたしたち二人の真ん中に入れて手を繋いだり、駆け出すのを危ないと止めたりしていた。わたしたちの子だった。声をあげて笑う、元気な子だった。――夢の中では、その子に素敵な名前があって、何度も呼んだんだけど、今は、どうしてなのか、思い出せない。川の波が、きらきら光って、とっても綺麗だった》って」

「……………」

「それから、《また、思い出すかもしれない》といって、眠りに落ちました。――その時はね、何ていったらいいんだろう――後悔ですね、後悔しました。――ぼくは札幌にいたから、仮にもう一度やり直したって同じでしょう。三年でも五年でも早く、千波と暮らすことなんか、出来なかった。それでも、思ってしまいます。千波と並んで、ぼくたちの子と一緒に歩くことは出来なかったろうか。そう考えると、千波にすまないと思ってしまうんです」

牧子はいう。

「千波はね、よくいってました。《やり直せないことが好きだ》って」

「……………」

「生きてると、消しゴムの使えないことばっかりじゃないですか。わたしなんかだと、気に病んじゃいます。ついつい後ろ向きになる。でも、千波は違った。たった一度しか通れない道を行くのが、好きな人でした。だから、あなたが、千波にすまない、なんて思うことはないんです」

牧子は予定を一日早め、翌日、退院した。通夜の時から、さきと玲も受付を手伝った。スケジュールの調整がうまくいかなかった類も、葬儀の日には体を空けることが出来た。良秋の両親も、兄も、静岡からやって来た。

千波の側の親戚がいないので、牧子たちも、読経の間、上にあがってくれといわれた。訪れた焼香の人たちに、黙礼を返す。牧子は、足首の怪我があるので座れない。小さな椅子を用意して腰掛けている。お経の文句の合間に、《偉そうだな》と笑う、千波の声が聞こえるような気がした。

九

柩は、千波をよく知る職場の同僚たちの手で、持ち上げられ、車へと運ばれた。外に出ると、水色の空が広がっている。

お寺の塀際の、遠いところに、その秋天を突く高い木が生えていた。白味を帯びた太い幹が直立し、途中から何本もの枝を、四方に張っている。常緑の大樹だ。さきの小学校の、門の近くにも同じ木があった。それで、牧子にはユズリハだと分かった。

木の横に、クレーンの先に、人の入るボックスのついた車が来ていた。電線の工事に使われるような車だ。造園業者のもので、鉄の腕が、木の頂近くまで、オレンジ色のボックスを持ち上げていた。作業員が音を立てて枝を払い、樹形を整えている。葬

儀の人波が、庭に出て来たので遠慮して、その手が止まった。

良秋が進み出て、会葬者に挨拶をした。柩を乗せた車がまず、寺を後にする。近しい者たちが、続くバスの入口に向かった。

牧子の前に、日高の一家がいた。列を作る時、横にいた玲がすっと後ろに回り、類の喪服の、上着の裾をつまんだ。哀しみの場だが、共にいることによって耐えよう――というように。

火葬場での待ち時間は、幾つかに仕切られた待合室で過ごす。清めの酒や飲み物が出る。

そこで良秋が類の前に出、頭を下げた。

「千波から、《伝えてほしい》といわれていたことがあります」

いきなりの言葉に、類はとまどいの色を見せた。良秋は続ける。

「――素晴らしい写真を撮っていただきありがとうございました」

「あ……、はい」

「千波から、《フィルムを全て、日高さんに返してほしい》といわれています」

類の顔が、みるみるうちに緊張した。

「――あの写真は二人で、繰り返し、見ました。お分かりでしょうが、写真の千波の方が素晴らしいのでは、ありません。それこそ波が動くように、千波は色々な時の中を動いて行きます。わたしは、最も近くにいる者として、千波の高校時代や、子供の頃のスナップを見るように、あれを見ました。色々な千波を知りたいと思ったからです。喉の渇いた者が、水を飲むように見たんです。――また一方で、我々は、二人とも映像を扱う人間です。あれは、日高さんと千波が作った――それにふさわしい敬意を受けるべき作品です。千波の大きな、誇れる仕事のひとつです。《これは、自分達だけのものにしていい写真ではない》と、思うようになりました。よろしかったら、最善と思う形で、発表して下さい。そうしていただくことによって、千波も、また新しく生まれることが出来ます」

命は、様々な姿で受け渡される。類は、ゆっくりと頷いた。大きなものを託された、責任と昂ぶりを感じている顔だった。

十

翌日が休日だったので、さきは夕方まで、こちらにいられる。

リハビリの方は、週に一回程度、通院して続けることになっていた。後は、自分で出来るだけ足を使う。

牧子は、さきと一緒に散歩に出た。朝の十時頃だった。空気が澄んでいる。

「大丈夫？」

痛みだした時のために、一応、杖を持っている。しかし、ついてはいない。

「うん。一日にね、最低一キロぐらいは歩かないといけないの。——それから、少しずつ距離を延ばして行く」

「お母さん、足が何でもない時だって、そんなに歩いてなかったじゃない」

そうなのだ。最近では、近くに出掛ける時も、ついつい車を使っていた。通勤が必要な仕事なら、否応なしに足も使ったろう。だが、牧子の場合は、自分のうちの机が、そのまま職場だった。

「こうなったから、かえって歩くようになったわ。おかげで、健康になるかもね」

「——怪我の功名?」

「まったくだよね」

こうして、さきと並んで道を行くのも久しぶりだ。娘が小さい頃には、連れ立ってよく歩いたものだ。カタツムリが這っていても、ケシの花が咲いていても、それだけで事件だった。

「川の方に行ってみようか」

「うん」

台風の後には、水嵩がどれだけ増したか、よく一緒に見に行った。上がっている川面が見えるまで、どきどきしたものだ。

家々の間を抜けると、土手に出る。細い道だが、舗装してある。

千波や良秋の故郷には、水の美しい流れがあると聞いた。山に近いからだ。この川

の、関東平野の幾つもの街を、ゆったりと抜けて来る水は、残念ながら硝子のように透き通ってはいない。だが、川幅はかなりある。元気な若者が勢い込んでボールを投げて、何とか向こう岸に届くぐらいだ。土手に出れば、それだけで心が広がる。

足元には、野菊の彩りがあり、目を転じれば、すすきのふわりとした銀の穂が揺れている。岸近くの流れでは鴨の群れが泳ぎ、中州の辺りに悠然と立つ鷺の、白い姿もあった。

歩いて行くうちに、横手に何本かの木々の立つところまで来た。葉が秋の色を見せていた。そこで、背後に堅い音を聞き、二人は振り返った。

人影は、なかった。

ただ路上に、つやつやと真新しい団栗が落ちていた。堅いアスファルトに当たって、コツンと音を立てたのだ。さきが、頭上に張り出した木の枝を見上げる。

牧子が口を開いた。

「——誰かが、ぽんと投げたみたいだったね」

それが言葉になった時、《誰か》とは、この間まで近くにいた人のことになった。細くうねって、土手に続く明るい道に、千波が立っているようだった。

その思いは、すぐ、さきにも伝わった。さきは膝を折り、小さな帽子を被ったような木の実を拾い、牧子に差し出した。

土手の道はやや高くなり、そこから先は、右手に田が広がっていた。稲はもう刈り取られ、柔らかなクリーム色の切り株が、数限りなく続いていた。

「この田圃の畦道も、よく、トムおばさんと歩いたよ。おばさんが、肩車してくれた」

「そう」

「――台風の後、稲が風で倒されてね、あっちこっちで横になってたの。だから、わたし、《稲が寝てる》っていった。――そうしたら、トムおばさんが、《どこどこ？》っていうの。見たらすぐ分かるのよ。それなのに、どうして聞くのか、不思議だった」

「どうしてだったの？」

「トムおばさんの耳にはね、《犬が寝てる》って聞こえたの。だから、《田圃のどこで、犬が昼寝してるんだ？》って、首をひねったのよ。――不思議ね、すっかり忘れてたのに、今、急に思い出した」

牧子は、ポケットに入れた団栗の、すべすべした表面を撫でながら、

「思い出すたびに、トムさんが帰って来るよ」

さきは、こくんと頷き、

「もし、わたしに子供が出来て、肩車をしてやって。――その子が、わたしの頭をさわったら、思うんだろうな――トムおばさんのことを。ねえ、見えるみたい。――トムおばさん、つむじが二つあったんだ」

牧子は、《そうだったね》と答えながら、大きく蛇行する川に目をやった。

水は、時折飛び立つ水鳥や、対岸の木々の影を映し、ゆるやかに流れている。深さ

の差によって瀬も生まれるのか、穏やかな秋の陽を受けた川波が、ところどころでまぶしく輝いていた。

付記

生きる、生き続けることについての物語です。執筆にあたり、写真家という職業や、その周辺のことについては鈴木理策（りさく）氏、女性アナウンサーの日常については草野満代（みつよ）氏、千波の特殊な症状に関して畠清彦（はたけきよひこ）氏に、取材させていただきました。お名前を記して、御礼を申し上げます。

著者

解説

二度とない永遠

森下典子

なんと精緻（せいち）な、そして壮大な物語なのだろう……。

『ひとがた流し』は、私が初めて読んだ北村薫さんの小説である。それぞれのストーリーは所々で枝分かれし、さまざまな登場人物の人生を物語り、それぞれ日常の小さな出来事や思いを丁寧に紡いで行く。本流から分かれた川にも、それぞれに起伏があり、やがてそれら全体が大きな流れにたどり着く。

ふと、クリムトの「生命の樹」という絵を思い出した。太い幹から枝分かれする、たくさんの渦巻き……。

もう一度読み返してみた。すると、細部には記憶の断片、さりげない会話のやりとりがモザイクのように組み合わされ、「この世の謎」が連綿と張りめぐらされているように見える。そして、全体を眺めると、悠久の星空のように、撒（ま）かれた無数の星々が、星座の群像をなしていた。

アナウンサーとして仕事に生きてきた独身の「千波」。離婚し一人で娘を育てた作家の「牧子」。離婚して写真家と再婚し、前夫との娘を育てる「美々」。彼女たちは、少女時代から同じ時を過ごし、人生の様々な出来事を乗り越え、時に支え合いながら四十代になった。その三者三様の人生を歩んできた彼女たちに、思いがけぬ別れがやってくる……。

この世の一回性

「一握りの同じ砂を撒いても、その度に違った形が出来るように、子は親とは別のものだ。（略）それぞれが、それぞれの足取りで歩いて行く」

私はこの「一握りの砂」という比喩（ひゆ）が好きだ……。

そういえば、この小説は、牧子と幼い頃のさきちゃんを主人公にした『月の砂漠をさばさばと』から生まれたと聞いた。『月の砂漠……』という枝から、『ひとがた流し』という大木が育ったのだ。その『月の砂漠……』の中にも、似た表現がある。

「《でも、聞きまちがいって面白い》と、さきちゃんは思いました。普通では考えられない世界をちらりとのぞくような、不思議な感じになります。**めちゃくちゃに絵具を振りまいて、そこにできた、奇妙な模様を見るようです**」

私たちは、何気ない日々を、当たり前のように生きている。けれど、思えばこの世は、撒いた砂のように、二度と同じ形になりえない一回性の連続なのだ。それとは知らず、人は奇跡のような一瞬の連続の上を、平然と渡り歩き、「平凡な人生だ」などと言って日々を送る。

そんな日常の景色の中に、時おり、何かのサインのように、不思議な景色がよぎる。たとえば、美々の娘、玲が、渋滞した高速道路上で、つかず離れず並走するトラックの車体に見た「カナシイ」という不思議な文字。（「イシナカ工務店」という社名の文字が、車の進行方向から配列されていたのだ）。そして、千波が勤めるテレビ局の室長室に掛けられた「荒海と松の絵」。

誰にも経験があるはずだ。日常の中に、人生の暗喩のようなできごとが、偶然のふりをしてヒョイと姿を見せる。

言いまちがいや聞きまちがいにも、幼い頃のさきちゃんが感じたように、普通では考えられない不思議な世界がちらりと見えたりする。

そういう日常の中の、不思議な非日常を、北村さんは実に自然に、リアルにちりばめて見せてくれる。

「欠けている」もの

「愛用のものが取り残される——というイメージが、いかにも、人が去るという感じを与えた」

という文章のように、この小説には「欠ける」「いなくなる」「去る」という不在の暗示がたびたび登場する。たとえば、大学に入学して娘が家を出た後、牧子が娘の自転車を見て、「この街に、あの子はいない」と思う場面。

そして、病院で健康診断の結果を待つ間のこんな一文。

「千波は、ギンジローの老後を考えていたのだ。そして、あるいは彼を看取(みと)らねばならぬ日のことを」

この小説は、読む人の年代によって、まるで違う物語に読めるのかもしれない。もし私が二十代だったら、独身で仕事に生きる千波に感情移入し、彼女の恋にときめいたかもしれない。あるいは四十代だったら、女たちの毅然(きぜん)とした生き方に共感しながら読んだかもしれない。

けれど、還暦を過ぎ、親を見送り、大切な人を失えば、自分もまた限りある命であることを意識しないわけにいかなくなる。そういう年代になった私は、娘の自転車であれ、猫のギンジローであれ、随所に現れる「何かが欠ける」暗示に胸を突かれる。

この三人の女性たちのように、家族があろうがなかろうが、どんな形の生き方であれ、結局、みんな最後は一人なのだ。人生の一時期、人と集い、共に過ごすとしても、限りある時間……。『「サヨナラ」ダケガ人生ダ』という訳詩が脳裏をよぎる。

では、いかに誠実に、どう一生懸命に生きたとしても、人は過去の彼方に去って、虚しく消えてしまうだけなのだろうか？

『1950年のバックトス』という本の中に、『ひとがた流し』のその後の牧子を描いた「ほたてステーキと鰻」という作品がある。その中に北村さんはこう書いている。

「人生というのは、様々な可能性がつぶされていく過程に外ならない。その当たり前のことを、どう受け止めていくかが、人としての値打ちだろう。

ただ、それは、言葉に出来ても実行の難しいことどもが作る、登りにくい山の、さらに頂きにある」

「台所でさばの味噌煮を食べる時、ふっと、わたしのこと思い出してくれるかも知れない。その時、わたしが、短い間でも、そこに蘇るんだ」

このセリフのように、『ひとがた流し』には、「思い出すたび蘇る」という言葉が何度か登場する。

人生とは、日常の些細な思い出の積み重ねだ。そういう記憶のかけらを共有しながら生きた人たちがいて、ふと思い出す時、人はそこに一瞬、蘇る。

これは、去っていく人にとっても、見送る側にとっても救いである……。そして、親しい人を失った者としての実感でもある。思い出すことによって、人は一緒に生きていくことができるのだ。

この小説の最後に、どんぐりがコツンと音をたてて、人影のない路上に落ちる場面がある。

「『――誰かが、ぽんと投げたみたいだったね』

それが言葉になった時、《誰か》とは、この間まで近くにいた人のことになった。（略）

『思い出すたびに、トムさんが帰って来るよ』」

「名のない子供」

ところで、タイトルになった「ひとがた流し」という行事は、物語の終盤近くになって、千波が語る母親との思い出の中に一度だけ登場する。願い事を書いた、白い小さな、人間の形をした紙が、透き通った水に落ちて、うねる水の上をどこまでも流れていく光景は、どこか物悲しく、美しく、印象的だ。

そして、物語の最後近く、千波は自分が見た夢のことを語る。

「川の土手を、あなたと三人で歩いていた。小さな子供が一緒にいた。（略）わたしたちの子だった。声をあげて笑う、元気な子だった。――夢の中では、その子に素敵な名前があって、何度も呼んだんだけど、今は、どうしてなのか、思い出せない。川の波が、きらきら光って、とっても綺麗だった」

私には、この夢に登場する川の土手と、名前を思い出せない夢の中の小さな子供が、「ひとがた」のイメージに重なって思える。

いなかった子供。果たせなかった千波の夢。この場面の美しさは、切なくやるせない。

夢半ばで潰えることはある。……だとしても、人生の一つ一つが、天が一握りの砂を撒いてできた、二度とない奇跡なのだ。

かけがえのない友との別れの物語であるにもかかわらず、読み終えた私は、哀しさと同じくらい、彼方へと続く明るみに染まっている。

「永遠」という言葉を、人は時の長さのことだと考える。けれど、もしかすると「永遠」とは、二度とないという切実さの輝きなのかもしれない。

小さなきらめく思い出を積み重ねながら、私たちは日々、二度とない永遠を生きている。

（もりしたのりこ／エッセイスト）

ひとがた流し（なが）　朝日文庫

2022年9月30日　第1刷発行

著　者　北村　薫（きたむら　かおる）

発行者　三宮博信
発行所　朝日新聞出版
〒104-8011　東京都中央区築地5-3-2
電話　03-5541-8832(編集)
03-5540-7793(販売)

印刷製本　大日本印刷株式会社

Published in Japan by Asahi Shimbun Publications Inc.
定価はカバーに表示してあります

ISBN978-4-02-265060-3

浅田次郎
椿山課長の七日間
突然死した椿山和昭は家族に別れを告げるため、美女の肉体を借りて七日間だけ〝現世〟に舞い戻った！ 涙と笑いの感動巨編。《解説・北上次郎》

伊坂幸太郎
ガソリン生活
望月兄弟の前に現れた女優と強面の芸能記者⁉ 次々に謎が降りかかる、仲良し一家の冒険譚！ 愛すべき長編ミステリー。《解説・津村記久子》

伊東潤
江戸を造った男
海運航路整備、治水、灌漑、鉱山採掘……江戸の都市計画・日本大改造の総指揮者、河村瑞賢の波瀾万丈の生涯を描く長編時代小説。《解説・飯田泰之》

今村夏子
星の子
《野間文芸新人賞受賞作》
病弱だったちひろを救いたい一心で、両親は「あやしい宗教」にのめり込み、少しずつ家族のかたちを歪めていく……。《巻末対談・小川洋子》

宇江佐真理
うめ婆(ばあ)行状記
北町奉行同心の夫を亡くしたうめ。念願の独り暮らしを始めるが、隠し子騒動に巻き込まれてひと肌脱ぐことにするが。《解説・諸田玲子、末國善己》

江國香織
いつか記憶からこぼれおちるとしても
私たちは、いつまでも「あのころ」のままだ——。少女と大人のあわいで揺れる一七歳の孤独と幸福を鮮やかに描く。《解説・石井睦美》